Widmung

Für Isa.

Dein Rückhalt, deine Hilfe dein Zuspruch und deine immer schonungslose Offenheit, tun mir so gut.

# KAPITEL I

## OLIVIA

Mein Grinsen reichte von einem Ohr bis zum anderen, als ich in Pinewood Bay aus meinem Bus stieg. Ich war eigentlich kein großer Fan von öffentlichen Verkehrsmitteln, aber um hierherzugelangen, war mir alles recht.

In diesem malerischen Städtchen hatte ich meinen absoluten Traumjob ergattert. Ein begehrtes Praktikum, bei dem ich dabei helfen konnte, eine ganze Stadt auf Vordermann zu bringen. Oder eher eine Kleinstadt – winzige Kleinstadt. Aber es war mir egal, denn Pinewood Bay war malerisch, eine wunderschöne kleine Küstenstadt ganz in der Nähe von Portland, gelegen auf einer einzigartigen Halbinsel. Wie viel schöner konnte ein Arbeitsplatz denn bitte sein?

Apropos schön, Pinewood Bay hatte den mit Abstand attraktivsten Bürgermeister in ganz Maine. Die Mädels in meinem Jahrgang hatten sich um diese Praktikumsstelle gerissen.

Ich denke, einmal in meinem Leben hatte ich Glück, dass ich zwei Jahre älter war als die anderen und mit meinen vierundzwanzig somit schon ein bisschen mehr Reife ausstrahlte und dadurch diesen Job bekommen konnte. Für irgendwas mussten ja all der Ärger und die Verzögerungen in meiner schulischen Ausbildung gut sein.

Doch da drüber wollte ich in diesem Moment nicht nachdenken, sondern einzig und allein über diese kleine Stadt, die mir einen Traum verwirklichen würde.

"Ihr Koffer, Ma'am", sagte der Busfahrer und schob ihn mir fast schon grob gegen das Bein.

Verdammt! Konnte er mich nicht noch ein bisschen in meinen Träumereien schwelgen lassen?

"Danke", sagte ich mit einem extrabreiten Grinsen, denn seine schlechte Laune konnte mir nichts anhaben. Dann zog ich den Griff aus und ging die Hauptstraße entlang in die Richtung, in der mein Hotel liegen musste.

Pinewood Bay war in Wirklichkeit noch viel schöner, als ich es im Internet und in den Beschreibungen gefunden hatte. Es war die Art Kleinstadt, die von vorn bis hinten auf Hochglanz poliert war – völlig ausgelegt auf Touristen und alles, was damit einherging.

Ich ging die schmale Hauptstraße entlang in Richtung des Ortszentrums. Es war kaum Verkehr und nirgendwo lag Müll oder Unrat, wie ich es aus Portland kannte. Es gab keine Graffiti oder verwahrloste Häuserfronten – im Gegenteil. All diese kleinen Gebäude hier waren wunderschön gestrichen und hatten diesen altmodischen Charme mit Stuck um die Fenster und bunten Farben, die ein Haus vom anderen abhoben. Pinewood Bay war definitiv der perfekte Ort, um dieses Projekt anzugehen. Ein Projekt, in dem alles an diesem Örtchen optimiert werden sollte, um perfekt zu sein für die Gründerfeier in zwei Monaten.

Wenn ich mich gut genug anstellte, dann würde ich diesen Job vielleicht sogar länger behalten können. Vielleicht würde der Bürgermeister mich übernehmen und ich hätte einen festen Platz als Marketing- oder PR-Chefin in diesem wundervollen Stadtzentrum.

Wie viel besser konnte man schon wohnen?

Und in Portland hielt mich, um ehrlich zu sein,

nichts. Ich hatte nur ein paar lose Freundschaften und von meiner Familie war nichts mehr übrig. Mein Dad hatte mich schon verlassen, da kannte ich ihn noch überhaupt nicht, und meine Mom war letztes Jahr an einer Leberzirrhose gestorben, die sie sich mit reichlich Alkohol über die Jahre hinweg angeeignet hatte.

Das hier könnte also mein Neuanfang sein, mein neues Leben, wenn ich den sexiest Bürgermeister alive dazu überreden konnte, mich über das Praktikum hinaus anzustellen.

Überrascht kam ich ins Stolpern, als ich die helle Fassade des winzigen Hotels vor mir fand, in dem ich die kommenden Wochen und Monate verbringen würde. Dieses schnuckelige Hotel gehörte einer Alexandra Parker.

Wow! Wie schnell war ich denn vom Bahnhof hierhergekommen? Dieses Städtchen war anscheinend noch kleiner, als ich erwartet hatte. Ich hatte mich auf einen längeren Fußmarsch eingestellt. Aber nun war ich hier. Ich zumindest. Denn es schien so, als wäre niemand sonst im Gebäude. Ich zog die Augenbrauen zusammen und versuchte es mit Klingeln und Klopfen an der Tür, aber niemand regte sich.

Verdammt!

Ein Blick auf meine Uhr sagte mir, dass ich auch noch viel zu früh dran war. Ich hatte ihr gesagt, dass ich erst am späten Abend anreisen würde, hatte aber nicht damit gerechnet, dass es ein Problem sein würde, wenn ich früher ankommen sollte.

Seufzend sah ich mich um und entdeckte einige Meter weiter andere Geschäfte, darunter ein Pub mit dem irgendwie langweiligen Namen Brown's Pub. Wer nannte sein Lokal denn bitte schon Brown's Pub? Das war wohl eines der ersten Dinge, das ich auf meine Optimierungsliste schreiben konnte.

Ich durchquerte den parkähnlichen Ortskern, der quadratisch angelegt war. Auf der einen Seite von der Hauptstraße kommend war ich bei Alexandra Parkers Hotel gewesen und konnte nun durch kleine, gekieste Wege quer durch einen malerisch angelegten Park hinüber ins Brown's Pub gelangen. Der Park war entzückend, fernsehsendungsreif mit englischem Rasen und kleinen, getrimmten Büschen. Die Wege waren wellenförmig angelegt und liefen alle in der Mitte in einem süßen, weißen Pavillon zusammen, in dem kleine Bänke standen und der unglaublich romantisch aussah. Für einen Moment nahm ich auf einer der Bänke Platz und sah mich um. Sah mir die ganzen bunten Häuserfronten rund um diesen zentralen Platz an.

Es war einfach traumhaft! Ich erspähte ein Diner und eine kleine Bäckerei. Etwas weiter hinten sah aus wie ein Buchladen – oder vielleicht war es sogar eine Bibliothek? Die Straße runter von dem Hotel aus gesehen entdeckte ich einen winzigen Supermarkt, in dem ich meine Vorräte bald auffüllen würde.

Ein Klingeln riss mich aus meiner Betrachtung, und als ich mich blinzelnd umsah, erblickte ich eine junge Frau auf einem kleinen Fahrrad, das vorn und hinten große Körbe hatte und einen Anhänger, auf dem "Coffee to go" stand.

"Ein Kaffee, Miss?", fragte die junge Frau und lächelte mich sympathisch an.

Ich erwiderte das Lächeln sofort, schüttelte aber den Kopf. "Nein, danke, das wird sonst mit dem Schlafen eher nichts mehr."

Die Frau grinste weiter, nickte mir zu und trat dann wieder in die Pedale.

Wie süß war das denn? Das war so was von Kleinstadt, und ich liebte es. Etwas, was ich nicht verändern würde. Ganz egal, wie groß mein Tatendrang war, es war einfach bezaubernd, wie natürlich und persönlich hier alles war.

Ich folgte ihr mit meinem Blick und entdeckte eine kleine Tafel, die unter einem Baum ganz in der Nähe eines Pavillons stand, und sah auf dem Bild ein kleines, irgendwie eichhörnchenartiges Tier.

Stirnrunzelnd las ich den Text. "Gleithörnchen"

stand da, "Die Stadtsymbole von Pinewood Bay". Ich zog die Nase kraus. Wer wollte denn ein Gleithörnchen als Stadtsymbol?

Schulterzuckend nahm ich meinen Koffer und schob ihn neben mir her, quer über die gekiesten Wege. Es wäre sicherlich einfacher gewesen, auf den großen Straßen zu bleiben, die um den Park herum führten, aber ich wollte so viel wie möglich von diesem malerischen Ort in mir aufnehmen.

Quasi direkt vor meinen Füßen hielt ein weiterer Bus, und ich runzelte die Stirn. Dafür, dass hier so wenig los war, gab es ganz schön viele öffentliche Verkehrsmittel. Im nächsten Moment sah ich bereits die Aufschrift "Schulbus", die diese Fahrt ganz leicht erklärte. Natürlich mussten all die Kinder auch irgendwie zur Schule kommen.

Die Türen gingen auf, und einige Schüler stiegen heraus, die sich fröhlich schnatternd quer über den Park verteilten und wohl in Richtung ihrer Zuhause gingen. Hinter dem Steuer saß eine Frau, von der ich mir nicht sicher war, ob sie wirklich den Schulbus fahren sollte. Sie war mindestens sechzig und hatte graue Haare, die wirr abstanden wie Draht.

"Danke, Mrs. L", sagte eines der Mädchen und legte ein Bonbon auf das kleine Ablagefach vor der Busfahrerin.

"Immer gerne, Eliza, immer gerne", sagte diese und schob sich die Süßigkeit in den Mund.

Bezahlten die Kinder hier mit Süßigkeiten? Stirnrunzelnd musterte ich die dünne Frau noch mal und entschied mich dann, einfach weiterzugehen. Ich konnte die Welt nicht an einem Tag retten.

Also machte ich mich auf den Weg, die letzten Meter zu Brown's Pub zu überbrücken, zog meinen Koffer hinter mir her, als ich die große, schwere Tür aufschob.

Es war urig hier, mit einem langen, hölzernen Tresen, Barhockern davor und einzelnen Tischen, die über den Raum verteilt waren. Alles war ein bisschen dunkel und ein bisschen stickig. Man könnte definitiv mehr daraus machen. Mehr Licht und schönere Vorhänge. Alles etwas einladender. Das kam nach dem Namen als Nächstes auf meine To-do-Liste.

Lächelnd zog ich meinen Koffer hinüber zum Tresen und ließ mich dort auf einen der Barhocker nieder.

Es waren nur wenige Menschen hier, aber alle musterten mich, als wäre ich von einem anderen Stern.

Und das in einer Stadt, die doch hauptsächlich vom Tourismus lebte. Wer, wenn nicht diese Menschen, sollten wissen, dass es vollkommen normal war, dass hier ständig Menschen ein und aus gingen.

Am Ende des Tresens entdeckte ich einen sehr attraktiven Mann, der mit seinem Putztuch den Tresen wienerte. Er beobachtete mich wenig unauffällig aus dem Augenwinkel, ehe er sich das Geschirrtuch über die Schulter warf und zu mir herüberkam.

Freundlich und einladend sah anders aus, aber zumindest auf der Attraktivitätsskala hatte er definitiv eine Neun von zehn.

Ob er ganz so heiß war wie der Bürgermeister? Hm … ich wusste es nicht, aber auf jeden Fall hot!

## JESSE

Als eine mir unbekannte Frau mein Pub betrat, zog ich die Augenbrauen zusammen. Was zum Teufel wollte sie hier? Wir hatten Januar. Im Januar war niemand in Pinewood Bay. Der einzige Monat, in dem ich endlich meine Ruhe von Touristen und diesen ganzen Attraktionen hatte.

Es war diese herrliche Stille zwischen Weihnachten und dem Valentinstag, an dem die Frischverliebten hier wieder in Horden einfallen würden. Es war einer der wenigen Monate im Jahr, in dem es keine dämliche Festivität in Pinewood Bay gab, die unzählige nervtötende Touristen anzog.

Januar war mein Monat!

Mein Monat, in dem ich in aller Ruhe in meinem Pub arbeiten konnte, in dem hier nur Stammgäste waren, von denen mir kaum einer auf den Sack ging.

Und mitten in meinen wunderschönen herrlichen Januar hinein platzte diese Frau. Eine dieser aufgetakelten Großstadttussis mit blonder Beachwelle und schicken Klamotten, die es definitiv nur im Designerstore gab. Sie hatte winzige Schuhe mit lächerlich hohen Absätzen an, die auf meinem Parkettboden klackerten. Also nicht, dass es dort noch viel zu zerkratzen gab, denn dieser war definitiv schon in die Jahre gekommen, aber ich wollte sie trotzdem gern aus meinem Laden werfen, und einen Grund dafür brauchte ich.

Ich wollte allein hier sein und wollte meine Ruhe mit meinen Stammgästen. Ich wollte mit Stanley über das letzte Footballspiel reden und wollte mir Lawrence' nicht enden wollende Geschichten über Hexenverfolgung anhören und die neuesten Erkenntnisse, die er irgendwo aus einer zweifelhaften Quelle im Internet gefunden hatte.

Ich wollte, dass Mrs. L hierherkam und ihre heiße Schokolade mit Schuss trank, und wollte mich mit anderen Stammgästen darüber lustig machen, wenn Familie Winter sich etwas zum Abendessen abholte und wir uns dann vorstellen konnten, wie sie in ihrer kleinen Höhle da draußen im Wald wohnten, wo Nichten und Neffen etwas miteinander hatten – wenn nicht sogar noch engere Verwandtschaftsgrade, aber darüber gab es nur Spekulationen.

Das war meine Vorstellung von einem schönen Pubabend und ganz bestimmt nicht ein Blondchen auf High Heels, das es sich hier an meinem Tresen bequem machte.

Innerlich verdrehte ich über mich selbst die Augen und musste mir wieder einmal bewusst machen, dass das nun mal auch zu meinem Job gehörte. Ob es mir gefiel oder nicht, ob ich Touristen mochte oder nicht … ob ich Frauen mochte oder nicht. Denn Frauen wie diese waren mir schon seit Jahren ein Dorn im Auge.

Ich war immerhin nicht dumm genug, um ein und denselben Fehler zweimal zu machen. Deshalb hielt ich mich von Tussis wie ihr fern – ganz weit –, und am liebsten würde ich einen Besen zur Hand nehmen und sie zurück nach draußen auf die Straße treiben in der Hoffnung, dass sie in irgendeinem anderen Laden in Pinewood Bay etwas zu essen bekam.

Und zu essen brauchte sie definitiv etwas, denn sie sah so aus, als hätte sie absolut gar nichts auf den Rippen.

"Sei nicht so hart zu ihr", murmelte Kyle Woolve, als ich an ihm vorbeiging und dabei seinen leeren Teller mitnahm.

Ich schnaubte. Das war der Nachteil an kleinen Städten: Jeder kannte jeden und jeder wusste über die persönlichen Geister des anderen Bescheid. Ich ignorierte den Ranger trotzdem, ging weiter und stellte den Teller in die Durchreiche und drehte mich zu Blondie um.

"Was darfs sein?", sagte ich, und innerlich schüttelte ich über mich selbst den Kopf. Ganz so unfreundlich musste ich zu zahlender Kundschaft dann auch wieder nicht sein, oder?

"Hi, ich bin Olivia Miller", sagte sie mit einem breiten Grinsen und so, als müsste ich wissen, wer Olivia Miller war.

Ich reagierte nicht darauf, dafür kam George Lawrence Wellington mir gern zu Hilfe.

"Er heißt Jesse Brown und ist ein Griesgram", sagte der Typ, den ich wohl am verschrobensten in dieser verrückten Kleinstadt bezeichnen würde. Ich warf ihm einen vernichtenden Blick zu, den er aber leider Gottes vollkommen ignorierte.

"Ah, dann macht der Name Ihres Pubs ja noch mehr Sinn", sagte sie, und ich konnte nicht anders, als meine Augenbrauen zusammenzuziehen. War wohl eine von der ganz schnellen Sorte.

"Ja, woher sollte es sonst kommen?"

Sie kicherte. "Ich weiß nicht, weil alles Holz hier so braun ist."

Oh, ja, wirklich nicht die hellste Kerze auf der Torte.

"Kann ich dir was bringen?", fragte ich und nahm das Geschirrtuch von meiner Schulter, wischte den Tresen vor ihr ab – mehr, um etwas zu tun zu haben, als weil es wirklich etwas zum Abwischen gab. Denn ich wollte sie nicht ansehen und wollte nicht feststellen, dass hinter ihrem dümmlichen Auftreten ein wirklich hübsches Gesicht steckte.

"Ich hätte gern ein Wasser und einen Salat", sagte sie und bediente damit absolut das Klischee, das ich ihr zugeordnet hatte.

Nickend ging ich zur Zapfanlage und ließ ihr ein Mineralwasser heraus.

"Ich freu mich schon so auf die Zeit hier, ich hab ein Praktikum bei eurem Bürgermeister ergattern können. Zusammen werden wir diese wundervolle Kleinstadt auf Vordermann bringen", fuhr sie fort, und mir lief es kalt den Rücken hinunter.

Auf Vordermann bringen, um Gottes willen. Ich hasste Veränderungen, und ich hasste Veränderungen noch mehr, wenn sie von blonden Großstadttussis kamen.

Aber ich antwortete nicht, sondern stellte ihr das Wasser vor die Nase, ehe ich mich zu meinem Koch umdrehte, der den Salat bereits vorbereitete.

"Es gibt so viel zu tun", fuhr sie fort, und als ich sie im Augenwinkel betrachtete, sah ich, dass da wieder dieses Lächeln war. Ein wirklich schönes Lächeln, das überhaupt nicht zu dem Rest von Barbie passte.

"Ich werde Stück für Stück ein Konzept für diesen traumhaften Platz erarbeiten und werde Haus für Haus so herrichten, dass alles perfekt ist für das Gründerfest."

*Mein Haus nicht*, dachte ich, antwortete aber nicht, denn sie sollte ihre Illusionen ruhig noch ein wenig behalten.

Was dachte sie denn, wer sie war? Ein Mädchen aus der Großstadt, das hierherkam und mir sagte, was ich in den letzten Jahrzehnten alles falsch gemacht hatte?

Absolut irrwitzig!

Ich stellte den Salat vor ihre Nase, den Josh mir durch die Durchreiche geschoben hatte, und beobachtete angewidert, wie sie das Grünzeug in sich hineinfutterte. Salat als Beilage, das konnte ich noch verstehen, aber wer würde das denn schon als ausgewogene Mahlzeit betrachten?

Es war Grünzeug, Zeug, das Tiere aßen. Hasen aßen Salat zum Beispiel. Hasen aßen gerne Salat und ich aß gerne Hasen.

Das wollte ich ihr so aber nicht auf die Nase binden, denn vielleicht war sie eine von diesen Vegetarierinnen und würde mir dann einen Vortrag darüber halten, warum es besser war, Salat zu essen als Tiere. Also nicht, dass ich das Konzept nicht grundsätzlich verstehen würde, aber ich hatte keine Lust auf einen Vortrag und wollte mir mein Steak heute Abend nicht von Barbie verderben lassen.

Den Anfang ihrer Rede bekam ich nicht mit, weil ich beobachtete, wie sie die sowieso schon kleinen Salatstücke in noch viel kleinere Stückchen schnitt und sie dann in winzigen Portionen in ihren zugegeben wunderschönen Mund schob.

"Auf jeden Fall könnten wir auch aus diesem Laden so viel rausholen", sagte sie dann, was mich zurück in die Gegenwart brachte.

Ich schüttelte kurz den Kopf und blinzelte mehrere Male, bis ich wieder völlig im Hier und Jetzt angekommen war.

"Rausholen", murmelte ich und probierte das Wort

aus. Sie war wahnsinnig, definitiv wahnsinnig. Sie konnte doch nicht vor fünf Minuten hier ankommen und dann alles umstülpen wollen.

"Ja, ich meine, der Service hier ist super und das Essen scheint auch wirklich gut zu sein."

Als könnte sie das beurteilen, immerhin aß sie Salat – in Zeitlupe.

"Aber an der Atmosphäre hapert es ein wenig", fuhr sie fort, und eine meiner Augenbrauen schnellte nach oben. Ich nahm mein Geschirrtuch, damit meine Hände etwas zu tun hatten, denn ich wollte vermeiden, dass sie sich würgend um den Hals von Blondie legten. Mit dem Geschirrtuch wischte ich imaginäre Flecken von meinem wunderbaren, traditionsbehafteten Tresen.

"Alles hier ist ein bisschen zu dunkel. Wir müssten ein wenig mehr Licht reinbringen und Farbe. Vielleicht mintfarbene Vorhänge und ein wenig helleres Interieur."

Ich blinzelte. Hatte sie das ernsthaft gesagt? Mintfarbene Vorhänge? Helleres Interieur? Das Mädel hatte definitiv nicht mehr alle Latten am Zaun.

"Man könnte auch darüber nachdenken, ob man einen neuen Boden verlegt, einen, der optisch etwas ansprechender ist."

Innerlich lachte ich hart auf. Genau – damit Püppi

mit ihren Stöckelschuhen den neuen Boden dann ruinieren konnte. Wo lebte sie denn?

"Ja. Insgesamt bräuchte das Ganze hier einfach ein bisschen freundlicheres Flair."

Das reichte! Für mich war die Grenze meiner Geduld erreicht, also knallte ich den Putzlappen mit Schwung und einem lauten Klatschen auf den Tresen. Dann drehte ich mich auf dem Absatz um und flüchtete in die Küche.

Ich würde es keine verdammte Sekunde mehr zusammen mit Püppi hier aushalten. Püppi sollte ihre verrückten Spinnereien in ihrem verrückten, kleinen blonden Köpfchen abspielen, aber mich damit in Ruhe lassen.

Wer zum Teufel dachte sie, wer sie war?

Eine dieser unfassbar nervigen Großstadttussis, die hier in mein wunderschönes Pinewood Bay kamen und alles verändern wollten. Wenn es ihnen nicht gefiel, wie es hier war, dann sollten sie bleiben, wo sie herkamen, verdammt noch mal!

Schnaubend warf ich die Küchentür hinter mir zu, und Josh, mein Koch, sah mich fragend an. Er kannte mich gut genug, um zu wissen, dass ich auch ohne explizite Frage gleich mit meinem Problem herausplatzen würde.

"Ich kann das nicht", sagte ich und schüttelte den

Kopf. "Wenn du nicht willst, dass wir Püppi da draußen in einer der Gefriertruhen lagern müssen, dann musst du jetzt übernehmen. Ich werde sie sonst definitiv umbringen."

Damit ging ich die Stufen nach oben zu meiner Wohnung, die direkt über dem Pub lag. Da, wo sie schon immer war, da, wo bereits die Wohnung meiner Eltern und meiner Großeltern waren. In diesem wunderschönen Pinewood Bay, wo alles seit Jahrzehnten und Jahrhunderten gleich war.

Da, wo es gleich bleiben sollte.

Da, wo ich mich wohlfühlte.

## OLIVIA

Bei dem lauten Knall seiner Hand auf dem Holztresen zuckte ich zusammen.

Was zum Teufel war das denn? Irgendwie schien ich etwas Falsches gesagt zu haben, aber ich konnte meinen Finger nicht darauf legen.

Doch um ehrlich zu sein, war es mir auch ein Stück weit egal, denn ich wollte mir meinen Tag nicht verderben lassen. Dieser Tag war wundervoll. Es war der erste Tag meines neuen Lebens, und ich würde mir nicht den Kopf darüber zerbrechen, was andere störte oder auch nicht.

Ich war hier, und ich fühlte mich großartig in dieser wunderschönen Stadt voll mit wunderschönen Menschen. Wie zum Beispiel meinen Bürgermeister, bei dem ich morgen schon mein Praktikum antreten würde.

Und auch Jesse Brown. Der heiße Kerl, dem dieses urige Pub gehörte. Er gefiel mir wirklich verdammt gut mit seinen hellbraunen Haaren und diesen Augenbrauen, die sich immer so grüblerisch über seinen warmen braunen Augen zusammenzogen.

Mit seinem etwas zu langen Dreitagebart sah er aus wie der perfekte Hipster-Barkeeper. Sogar seine Föhnfrisur, die keine Föhnfrisur war, sondern nach einem natürlichen Look aussah, passte perfekt ins Bild und zu diesem Karo-Flanellhemd, das ich zu jeder anderen Zeit albern gefunden hätte. Aber an ihm sah es irgendwie passend aus, so, als würde er das jeden Tag tragen, und zwar nicht, weil es in einer Modezeitschrift stand, sondern weil er eben der Typ für blau karierte Flanellhemden war.

"Machen Sie sich keine Gedanken, Miss", sagte eine Stimme neben mir, und ich blinzelte überrascht.

Ich sah mich um, und zu meiner Linken entdeckte ich einen Mann mit einem ausgemergelten Gesicht und mit grauen Haaren – irgendwo Mitte sechzig, würde ich sagen.

Sein kugelrunder Bauch passte nicht wirklich zu dem Rest seines Aussehens. Dafür passte das hellbraune Cordjackett mit den Lederflicken an den Ellenbogen umso besser dazu. Er war definitiv das Modell verschrobener Nerd.

"Hallo", sagte er mit freundlichem Ton und lächelte mich an. "Ich bin George Lawrence Wellington." Dann wurde sein Grinsen noch breiter. "Ich heiße fast so wie George Washington, falls es Ihnen nicht aufgefallen ist."

Das ließ mich lächeln, und ich streckte ihm die Hand entgegen.

"Hi, mein Name ist Olivia Miller, aber Sie können mich Livi nennen."

"Freut mich, Livi, freut mich", sagte er und schüttelte mir aufgeregt die Hand. "Sie brauchen sich keine Gedanken um Jesse zu machen. Er ist griesgrämig und eigenbrötlerisch."

Ich zog die Nase kraus.

"Dann ist ein Pub vielleicht nicht gerade der richtige Arbeitsplatz für ihn."

George winkte ab. "Familienunternehmen und so.

Jeder hier macht alles, was er tut, schon sein ganzes Leben lang. Es ist so … typisch Kleinstadt."

"So? Und was machen Sie dann Ihr Leben lang?", fragte ich neugierig nach und wandte mich dem witzigen Mann ein wenig weiter zu.

Er zuckte mit den Schultern. "Nicht mein Leben lang, aber seit ungefähr dreißig Jahren bin ich hier und mache Stadtführungen durch diese wunderschöne, wunderschöne Stadt."

"Wunderschön ist sie wirklich", antwortete ich. "Stadtführungen also?", hakte ich neugierig nach.

"Ja, ich kann Ihnen gerne eine Führung geben", gab er zurück und nippte dann an seiner Kaffeetasse. "Ich biete sozusagen Stadtführungen plus an", preiste er an und sah dabei vollkommen begeistert aus. "Von mir bekommen Sie nicht nur das Wer und Wo, sondern auch alles zu der Geschichte.

Damit hatte er mich definitiv am Haken, denn eine Stadtführung und alles, was dazugehörte, war genau das, was ich brauchte, um mich optimal auf das Gründerfest vorzubereiten.

Während ich in meinen Gedanken versunken war, erzählte George weiter von seiner Führung und was er mir alles zeigen würde.

"Aber nicht nur das. Haben Sie gewusst, dass Pinewood Bay eine fast genauso interessante Geschichte zur Hexenverfolgung hat wie Salem?" Seine Augen funkelten.

"Wirklich?" Auch wenn ich es nicht so wirklich wissen wollte, denn das war etwas, was man zu einem Gründerfest, in dem man Fremde anlocken wollte, vielleicht nicht unbedingt aufs Plakat schreiben sollte.

George nickte eifrig. "Ja, es gibt unzählige Fakten und Belege, dass es hier in Pinewood Bay Hexenverbrennungen gab, und zwar im großen Stil."

Innerlich schauderte ich. Was für eine furchtbare Geschichte? Wer wollte denn mit so etwas angeben? Frauen, die auf Scheiterhaufen brannten. Um Gottes willen! Das war fast noch gruseliger als ein Schankwirt, der eigentlich keine Touristen mochte.

Verdammt! Vielleicht würde meine Arbeit hier doch ein wenig umfangreicher werden, als ich es am Anfang gedacht hatte. Aber es war nicht allzu schlimm, denn ich war schließlich hier, um mich wirklich zu beweisen und um einen so guten Job abzuliefern, damit ich diesen als Referenz für meine berufliche Zukunft nutzen konnte.

Ich aß die letzten Gabeln meines Salates, der wirklich hervorragend geschmeckt hatte, und schob den Teller dann von mir.

Pinewood Bay hatte schon am ersten Tag mit ziemlich vielen Überraschungen aufgewartet. Neben diesem malerischen Aussehen dieser Stadt und dem guten Essen und dem verschrobenen Typen, der die Stadtführungen machte, gab es allerhand in Pinewood Bay zu entdecken. Dazu zählten auch Menschen wie Jesse Brown, die mich vom ersten Moment an fesselten.

Außerdem hatte ich gehört, dass bekannte Größen aus aller Welt sich gern in Pinewood Bay einfanden. Ein CEO soll sich irgendwo in den Wäldern rund um Pinewood Bay einen Rückzugsort geschaffen haben, und jemand hatte mir das Gerücht zugetragen, dass ein koreanischer Superstar in Mixed-Marshall-Arts für eine Zeit nach Pinewood Bay kommen sollte. Unglaublich, wen dieses kleine Städtchen so alles anlockte.

Auf der anderen Seite konnte ich es wirklich gut verstehen, denn landschaftlich war dieses Städtchen ein absoluter Traum. Östlich gelegen an einer wunderschönen Küste mit Leuchtturm und allem, was das Herz begehrte.

Westlich der Halbinsel schlossen sich wunderschöne Wälder an mit Wasserfällen und einem regen Wildleben, das Touristen nur allzu gut begeistern konnte.

Es würde mir auf jeden Fall leichtfallen, ein gutes PR-Konzept für das Gründerfest in zwei Monaten zu erstellen. Wie sollte es auch anders sein? Schließlich war dieses Projekt alles, worauf ich mein ganzes Studium lang gewartet hatte.

Zufrieden lächelte ich. Ich war angekommen in meinem neuen Leben und freute mich auf die Herausforderungen, die dieser Abschnitt mit sich bringen würde.

# KAPITEL 2

OLIVIA

Frisch gestärkt von dem reichhaltigen Frühstücksbuffet, das ich in Alexandra Parkers gar nicht mal ganz so kleinem Hotel bekommen hatte, trat ich hinaus auf die Straße.

Ich hatte verdammt gut geschlafen in dem heimeligen Zimmer mit einem weichen, sauberen Bett und einer Atmosphäre, in der man sich einfach wohlfühlen muss.

Man merkte sofort, dass Alexandra dieses Hotel mit vollem Herzblut betrieb, denn diese Liebe steckte in jeder Ecke. Alles schien bis ins letzte Detail durchdacht und immer bestrebt, dem Gast einen möglichst angenehmen Aufenthalt zu gewährleisten. Es war unverkennbar, dass der Hotelbetrieb bei Alexandra in Leib und Seele übergegangen war.

Das Gebäude von außen hatte eine beige-graue Häuserfront, die unterbrochen war von vielen kleinen blau- oder petrolfarbenen Balken, die das Gebäude alt und gemütlich wirken ließen.

Im Vorgarten waren überall abgedeckte Rosenbüsche. Alexandra hatte mir ausführlich erklärt, dass sie mit diesen Rosen an Wettbewerben teilnahm und sie ihr ganzer Stolz waren.

Ich konnte mir gut vorstellen, dass sie das Bild dieses wunderschönen Gebäudes dadurch im Frühjahr um so vieles schöner machten.

Im Gegensatz zum Brown's Pub gab es in Alexandras Hotel definitiv nicht viel Optimierungsbedarf. Die Gäste, die zum Gründerfest im März kommen würden, würden sich hier ausgenommen wohlfühlen.

Zufrieden mit meiner Analyse ließ ich den Blick noch einmal über das wunderschöne Gebäude wandern und wandte mich dann der Straße zu. Nur um sofort zu erstarren. Denn auf der anderen Seite der Straße lief kein anderer als Jesse Brown.

Der griesgrämige Pub-Besitzer marschierte aber nicht allein den Gehsteig entlang, sondern hatte an seiner Hand ein kleines Mädchen im Alter von vielleicht acht Jahren. Man konnte die Ähnlichkeit sofort erkennen. Sie musste eindeutig seine Tochter sein.

Neben ihm her hüpfend erzählte das kleine Mädchen irgendetwas, das Jesse zum Lächeln brachte … und wow, dieses Lächeln war wirklich atemberaubend.

Hatte ich ihn am Vorabend schon für verdammt attraktiv gehalten, so verstärkte dieses Lächeln alles noch um ein Vielfaches.

Er wirkte dadurch viel offener und zugänglicher. So wie ich mir einen Pub-Besitzer eigentlich vorstellte. Warum er dann gestern Abend so griesgrämig und abweisend gewesen war, konnte ich mir nicht erklären.

Oder vielleicht doch?

Vielleicht hatte er das Gefühl gehabt, dass ich mit ihm flirten würde, und hatte so versucht, mich abzuwimmeln? Also nicht, dass ich mit ihm geflirtet hätte, um Gottes willen. Ich konnte schließlich nicht vor meinem ersten Arbeitstag irgendein Techtelmechtel mit einem dieser Stadtbewohner anfangen. Und nun, da ich wusste, dass er eine kleine Familie hatte, kam es erst recht nicht mehr infrage.

Vielleicht musste ich dieses Missverständnis mit Jesse einfach nur klarstellen und ihm sagen, dass er vor mir nichts zu befürchten hatte, dass ich keine

Ambitionen hatte, seine Beziehung oder seine Familie zu zerstören.

Zufrieden mit dieser Erkenntnis nickte ich mir selbst zu und nahm mir vor, am Abend noch einmal in Jesses Pub zu gehen, um ihm klarzumachen, dass ich kein Interesse an einer irgendwie gearteten Beziehung mit ihm hatte. Vielleicht konnte ich ihn dann mehr für mein Projekt und die Umgestaltung von Pinewood Bay gewinnen.

In diesem Moment verabschiedete sich Jesse von seiner kleinen Tochter, die in den großen gelben Schulbus stieg. Dann drehte er sich um, steckte die Hände in die Hosentaschen seiner Jeans und ging den Weg zurück in Richtung seines Pubs.

Wahrscheinlich musste er sich an die Arbeit machen, was für mich das Stichwort war, denn auch ich sollte endlich in die Gänge kommen, bevor ich an meinem ersten Arbeitstag beim Bürgermeister zu spät erscheinen würde.

Eilig ging ich in die entgegengesetzte Richtung und beeilte mich, das kurze Stück bis zum Rathaus zügig voranzukommen. Ein Vorteil einer so kleinen Stadt war, dass so gut wie alles fußläufig zu erreichen war und ich hier kein Auto brauchte. Also nicht, dass ich ein Auto hätte, aber ich kam so auch nicht in den Zugzwang, mir eines kaufen zu müssen.

Vielleicht würde ich mir irgendwann ein Fahrrad anschaffen, wenn ich langfristig hier in Pinewood Bay bleiben würde – was meine absolute Hoffnung war!

Zufrieden musterte ich die Fassaden der vielen, maximal dreistöckigen Häuser, die hier rund um die Hauptstraße entlang standen, und machte mir geistig ein paar Notizen, wo es vielleicht noch die ein oder andere Möglichkeit zur Verbesserung gab. Parkplätze zum Beispiel schienen in diesem Ort ein kleines Problem zu sein. Also nicht, dass es hier sonderlich viel Verkehr gab, aber wenn viele Leute von auswärts kamen, würde man irgendwo ein Park and Ride einrichten müssen, um die Innenstadt nicht völlig mit Autos zuzustellen.

Auf der anderen Straßenseite entdeckte ich George Wellington und winkte ihm zu, während ich die letzten Meter bis zum Rathaus überbrückte. Dann stieß ich die Tür auf und ging hinein in die große Eingangshalle, in der mich zur Linken direkt eine Assistentin empfing.

"Mein Name ist Olivia Miller", sagte ich, "ich bin die neue Praktikantin von Mister Paul Fischer."

Die Frau um die fünfzig nickte eifrig. "Mein Name ist Linda. Kommen Sie, Olivia – ich darf Sie doch Olivia nennen?"

Ich nickte.

"Kommen Sie, ich bringe Sie zu Mister Fischer."

Sie wirkte ein wenig nervös, während sie den Gang nach hinten ging und dann an der letzten Tür auf der linken Seite klopfte.

"Mister Fischer? Olivia Miller ist hier."

"Kommen Sie rein, kommen Sie rein", sagte eine Stimme, die genauso attraktiv war wie das Aussehen des Bürgermeisters.

Mit seinen blonden Haaren und dem Megawattlächeln hatte er mir auf den Fotos schon extrem gut gefallen, aber in live sah er noch um einiges besser aus – noch sympathischer und einnehmender.

Ich konnte gut verstehen, warum die Leute in Pinewood Bay ihn ein ums andere Mal wählten. Es kostete mich all meine Körperbeherrschung, um meine Augenbrauen nicht nach oben schnellen zu lassen, als ich eine verdammt attraktive Brünette an seinem Arm hängen sah. Und hängen traf es wirklich, sie klammerte sich geradezu an ihn, schmiegte ihre großen Brüste gegen seinen Oberarm und musterte mich dabei scharf.

War sie etwa eifersüchtig?

Innerlich klopfte ich mir auf die Augenbraue, damit sie aufhörte, nach oben zucken zu wollen. Es sah irgendwie lächerlich aus, wie sie sich so an ihn drängte. Aber ich würde mich hüten, um irgendetwas dazu zu sagen, denn schließlich war das hier mein erster Arbeitstag, und ich konnte ihn nicht damit verbringen, die Geliebte des Bürgermeisters schwach von der Seite anzureden.

"Miss Miller, ich freue mich", sagte Paul Fischer und sein Megawattlächeln wurde noch breiter. Er hätte auch Model für Zahnpasta sein können … mehr als nur Bürgermeister dieser wunderschönen Stadt. Aber genau deswegen passte er vielleicht auch so gut hierher. Er war genauso schön wie die Stadt … und Jesse Brown.

Schnell schüttelte ich den Gedanken ab. Wie kam ich denn schon wieder auf diesen griesgrämigen Pub-Besitzer? Ich sah in die strahlend blauen Augen von Paul Fischer und nahm seine mir dargebotene Hand entgegen.

"Mister Fischer, ich freue mich so auf diese Chance", sagte ich lächelnd und versuchte, die scharfen Blicke seiner Freundin zu ignorieren.

"Ihre Bewerbung war wirklich vielversprechend", sagte er in einem so professionellen Ton, dass ich mich darüber wunderte, wie er ebendiesen zustande brachte, während eine Frau sich an ihn klammerte.

"Ich denke, gemeinsam können wir vieles erreichen", fuhr er dann fort und lächelte mich breit an. Ja, mit diesem gewinnenden Lächeln auf Werbeplakaten würden wir definitiv viel erreichen und dem Gründerfest zu einem vollen Erfolg verhelfen.

"Ich bin schon seit gestern hier und habe mir einige Notizen gemacht", antwortete ich und war unsicher, ob ich der Frau an seiner Seite mehr Beachtung schenken sollte, ob ich mich ihr ebenfalls vorstellen sollte oder wie die Gepflogenheiten in diesem merkwürdigen Fall waren.

Doch der Bürgermeister nahm mir diese Entscheidung ab, indem er sich lächelnd an die Frau wandte und sagte: "Wir müssen jetzt arbeiten, Amanda." Dann tätschelte er fast schon gönnerhaft ihre Hand.

Sie nickte und sah total verliebt zu ihm auf. Mit einem irgendwie scharfen Lächeln in meine Richtung verabschiedete sich die Frau von mir und stöckelte in ihren ultrahohen High Heels nach draußen.

Ich trug mit Vorliebe High Heels – und diese wirklich gerne auch hoch –, aber das, was sie trug, war eher das Modell Poledance, was ebenfalls zu ihrem wirklich kurzen Rock passte.

"Entschuldigen Sie bitte", sagte der Bürgermeister und riss mich damit aus meiner Betrachtung. Ich spürte, wie meine Wangen warm wurden, weil er mich dabei ertappt hatte, dass ich seiner Freundin auf den Arsch starrte.

"Sie waren früher da als erwartet", fuhr er dann

fort und grinste irgendwie zufrieden, als unsere Blicke sich trafen.

"Ja, ich habe die Strecken hier in Pinewood Bay irgendwie überschätzt." Ich lächelte. "In Portland dauert alles ein bisschen länger als hier." Ich brauchte dort zum nächsten Supermarkt mehr Zeit, als ich hier benötigte, um die gesamte Stadt einmal zu durchqueren.

Paul Fischer lachte auf, und es war eines dieser gewinnenden Lachen, die eine ganze Menge Menschen fesseln konnte. Ihn vor einem Rednerpult zu sehen, wie er die Eröffnungsrede für das Gründerfest hielt, würde wirklich perfekt ins Programm passen. Er würde die Menschen begeistern, bevor das Fest überhaupt losging – so viel war sicher.

"Sie haben sich also schon Notizen gemacht?", fragte er dann und deutete auf den Stuhl, der auf der anderen Seite seines großen, hölzernen Schreibtisches stand.

Ich nickte und nahm die Einladung an, setzte mich und zog mein Notizbuch hervor, in dem ich seit gestern unentwegt hineinschrieb.

"Ja, ich habe einige Anregungen und Ideen, aber die wohl größte ist mir gleich beim Weg hierher ins Auge gestochen. Ich denke, für das Gründerfest werden wir Probleme mit der Parksituation haben."

Mr. Fischer nickte. "Ja, und haben Sie schon einen Lösungsansatz dafür?"

Lächelnd nickte ich ebenfalls und erzählte ihm von meiner Idee mit dem Park and Ride und ob man nicht den Schulbus dafür einspannen könnte, um den Leuten noch mehr eine Idee davon zu geben, was es hieß, in einer Kleinstadt wie Pinewood Bay zu leben.

Mr. Fischer schien begeistert, und ich fühlte mich sofort ins Team aufgenommen und hatte das Gefühl, dass wir beide für das Gründerfest richtig viel erreichen konnten.

Zufrieden stürzte ich mich in die Diskussion mit ihm, hörte mir seine Ansichten und Ideen an und gab meinen Senf dazu. Ein Wort folgte auf das andere und schon bald war seine seltsame Freundin vergessen und wir beide kamen in einen guten Arbeitsrhythmus, der nur unterbrochen wurde, wenn seine Sekretärin zu uns kam, um uns Kaffee oder Brötchen zu bringen.

"Diesen Luxus werden wir nicht mehr allzu lange haben", sagte er und sah der älteren Dame reumütig nach, die aus dem Raum gegangen war, nachdem sie uns etwas Gebäck zum Nachmittag gebracht hatte.

"Ja? Wieso denn?"

"Miss Bradley wird uns für einige Wochen verlassen, weil sie sich um die Enkelkinder in Portland kümmern muss."

"Oh, das ist ja ärgerlich", sagte ich, denn ich konnte mir die Zusammenarbeit zwischen uns dreien verdammt gut vorstellen.

Er nickte. "Ja, sehr. Es wird also bald eine Aufgabe sein, einen würdigen Ersatz zu finden, damit wir die Wochen und Monate irgendwie überbrückt bekommen."

Er sah wirklich so aus, als würde ihn allein der Gedanke total fertigmachen. Gutes Personal war eben schwer zu finden, und vielleicht konnte ich ihn bis dahin ja davon überzeugen, dass auch ich für ihn unersetzbar sein würde. Dieses Ziel hatte für mich definitiv oberste Priorität.

## JESSE

Meine Laune an diesem Tag war zum Kotzen. Woran genau es lag, konnte ich nicht sagen. Aber war ich für gewöhnlich schon nicht unbedingt das Modell Sonnenschein, war dieser Tag tiefschwarz. Es ging schief, was schiefgehen konnte.

Vom Aufstehen, für das ich zu spät dran gewesen war, weil ich meinen Wecker dreimal auf Snooze gestellt hatte, bis hin zu der Zahncreme, die mir direkt von der Zahnbürste auf den Badezimmerteppich gefallen war.

Nur zwei kleine Beispiele eines beschissenen Tages, der sich Stück für Stück weiter so durchzog. Daher war ich mehr als froh darüber gewesen, dass meine Grandma Ethel sich angeboten hatte, Eliza vom Schulbus abzuholen. Ich wollte den beiden zumindest etwas zum Mittagessen vorbereiten, aber auch das ging gehörig schief, und der Braten, den ich vorbereitet hatte, war angebrannt. Also gab es nun Käse-Maccheroni. Ethel würde sich alles andere als darüber freuen, aber auf die Schnelle hatte ich keine Alternative.

Ich drehte gerade die Temperatur des Backofens herunter, damit mir nicht die nächste Speise anbrannte, als ich das Türschloss meiner Wohnung hörte.

"Wir sind da", rief Ethel, und gleich darauf hörte ich die schnellen Schritte von Elizas kleinen Füßen. Sie war ein Goldstück, mein Sonnenschein, dieses kleine, immer gut gelaunte Mädchen, das jeden Tag ein kleines bisschen besser für mich machte. Es konnte mir in aller Herrgottsfrüh noch so beschissen gehen, aber eines ihrer Lächeln und ein "Danke, Daddy", wenn ich ihr ein einfaches Müsli vorstellte, machten alles ein klein wenig besser.

"Hallooo, Daddy!", rief sie und warf sich mir so schwungvoll in die Arme, dass ich mich einmal mit ihr um die eigene Achse drehen musste, um den Schwung abzufangen. Sie roch herrlich nach Erdbeeren, mein kleines Mädchen.

"Hallo, Kleines", murmelte ich, küsste sie auf die Wange und stellte sie dann zurück auf ihre winzigen Füßchen in den kleinen lila Schuhen, die sie unbedingt haben wollte. "Wie war es in der Schule?", fragte ich sie und rückte ihr den Stuhl zurecht, dass sie sich an den Tisch setzte.

"Ganz wundervoll", sagte sie in dieser typisch überschwänglichen Art.

Ethel nickte nachsichtig und setzte sich dann ebenfalls. Noch lächelte sie, denn ich war mir ziemlich sicher, dass das Lächeln ihr beim Anblick von Käse-Maccheroni schnell wieder die Laune verhageln würde.

"Ich habe ein A in Rechnen bekommen", sagte Eliza stolz und kramte in ihrem Rucksack, um mir ihren Test zu zeigen.

"Wundervoll, Mäuschen, wundervoll", sagte ich und holte die Maccheroni aus dem Ofen. Genau wie erwartet sanken Ethels faltige Mundwinkel nach unten. Ich zuckte mit den Schultern, lächelte und sagte: "Sorry, Grandma, mir ist der Braten angebrannt."

Sie schnaubte. "Lieber verbrannter Braten als dieser Käse-Matsch", grummelte sie, schöpfte aber dann erst Eliza und schließlich auch sich selbst.

"Und was gab es sonst Neues in der Schule?", fragte ich, tat mir ebenfalls auf und setzte mich neben Eliza.

Ich freute mich immer, wenn ich sie in meiner Nähe hatte. Und oft einmal ärgerte ich mich darüber, dass wir beide nicht mehr Zeit miteinander verbringen konnten. Die Vormittage, wenn ich Zeit hatte, war Eliza #– zumindest unter der Woche – in der Schule. Die Nachmittage waren kurz und voll mit Hausaufgaben und Erledigungen. Und schon war es abends und ich musste zurück in das Pub.

Ich war Ethel so unfassbar dankbar, dass sie mir Eliza so oft abnahm und mein Mädchen nicht allein hier oben in der Wohnung sitzen musste. Sie konnte zusammen mit Ethel in die Wohnung am Stadtrand gehen und dort den ganzen Tag die freie Natur erleben.

Die meiste Zeit war Ethel sowieso draußen in ihrem Garten und kümmerte sich um all die Gleithörnchen, die sie das ganze Jahr über dort aufpäppelte. Von verwaisten Jungtieren bis hin zu Bruchpiloten, die sich irgendwo verletzt hatten. Ethel kümmerte sich um alle genauso aufopfernd wie um Eliza.

"Die Schule war toll", sagte Eliza und steckte sich dann eine Gabel voll Käse-Maccheroni in den Mund. "Mhmmm, sehr gut, Daddy."

Ich lächelte. Vor allem auch, weil Ethel mit dem Kopf schüttelte und sagte: "Alles andere als das." Aber so waren Kinder nun einmal: leicht zufriedenzustellen.

Zufrieden berichtete Eliza von ihrem Schultag und ich hörte ihr gerne bei all ihrer kindlichen Begeisterung zu. Als Eliza mit ihren Ausführungen fertig war, half sie mir, den Tisch abzuräumen.

"Kommst du mit zu mir nach Hause, Mäuschen?", fragte Ethel und streichelte über Elizas braunen Haarschopf.

Ich wusste, wie weich und seidig sich ihre Haare in meinen Händen anfühlten, und ich liebte jeden Moment davon.

Ich konnte nicht fassen, wie irgendjemand dieses kleine Mädchen im Stich lassen konnte. Ich konnte nicht fassen, dass dieses Miststück von Frau, das ich einmal geliebt hatte, ein kleines Mädchen mit mir allein in dieser Stadt lassen konnte. Dass sie abhauen konnte und ohne einen Blick zurück auf Nimmerwiedersehen verschwunden war.

Wer konnte sein eigenes Kind einfach so zurücklassen, als wäre es nicht mehr als ein Möbelstück oder ein altes Paar Schuhe. Verdammt noch mal, sie war ein bezauberndes kleines Baby, gerade mal sechs Monate alt gewesen, als ihre Mutter sich auf Nimmerwiedersehen verdrückt hatte.

"Kann ich dir helfen, die Gleithörnchen-Babys zu füttern?", fragte Eliza und strahlte ihre Grandma an.

Diese nickte. "Natürlich, ich kann helfende Hände gebrauchen. Es sind viele neue Babys zu dieser Zeit."

Eliza strahlte von einem Ohr bis zum anderen und klatschte aufgeregt in die Hände. "Dann pack ich schnell meine Sachen." Und schon rannte sie einmal quer durch die Wohnung in ihr Zimmer, um sich ein paar andere Klamotten mitzunehmen.

Ich konnte ihre Begeisterung durchaus verstehen, ich war als Kind schließlich nicht anders gewesen. Diese kleinen Gleithörnchen waren putzige Tierchen mit grauem, ganz kuschelweichem Fell und riesigen schwarzen Augen. Ich hatte meine Kindheit bei Ethel verbracht und hatte ihr geholfen, all die kleinen Gleithörnchen zu päppeln. Und ich freute mich, dass Eliza die gleiche Freude daran hatte.

Mir hatte es damals an nichts gefehlt, als meine Eltern das Pub geleitet hatten und ich bei meiner Grandma aufgewachsen war. Und Eliza fehlte es ebenso an nichts, und dennoch hatte ich oft ein schlechtes Gewissen und verfluchte dieses Miststück, das sich ihre Mutter schimpfte. Das war der einzige Teil, den ich Eliza so gerne wünschen würde. Eine Mom, die sie wirklich liebte und die mit ihr all diesen Mädchenkram machen würde, den ich ihr nicht bieten konnte.

"Manche der Babys haben noch nicht mal Haaaaaare, Daddy", sagte Eliza und zog das Wort in die Länge.

Lächelnd sah ich zu ihr hinab und streichelte ihre weichen Haare. "Im Gegensatz zu dir, meinst du?", sagte ich.

Sie grinste noch breiter. "Gaaar keine, die sind richtig nackt."

Ich wusste das alles natürlich, schließlich hatte ich Ethel mein halbes Leben lang mit den Gleithörnchen geholfen, aber ich wollte Eliza ihre Freude nicht nehmen und bat sie deswegen, mir ein Foto der Gleithörnchen-Babys zu machen.

"Mach ich gerne", sagte sie, streckte dann ihre kleinen Ärmchen nach oben, und ich beugte mich zu ihr, damit sie mir einen Kuss auf die Wange drücken konnte.

"Bis später, Schätzchen", sagte ich, drückte sie noch einmal an mich und entließ sie dann in die Obhut meiner Grandma. Ich würde sie vermissen, wie jeden Tag.

"Danke, Ethel", sagte ich und meinte es wie immer furchtbar ernst.

Sie lächelte, streckte eine ihrer faltigen Hände aus und legte sie mir an die Wange. "Das ist doch natürlich, mein Schatz. Dafür sind wir eine Familie, nicht wahr?"

Familie, das war es. Nur, dass unsere Familie lediglich noch aus Ethel, Eliza und mir bestand. Und an Tagen wie diesen machte es mich zu einer Mischung aus wütend und traurig. Vor allem für mein kleines Mädchen.

## OLIVIA

Ich war ein klein bisschen genervt von der Freundin des Bürgermeisters, aber ich wollte mir meine gute Laune nicht trüben lassen. Nicht am zweiten Tag meiner Arbeit und schon gar nicht, weil das hier – abgesehen von dieser Frau – mein absoluter Traumjob war.

Ich hatte schon früh in meinem Leben gelernt, alles Negative auszublenden und mich auf die positiven Aspekte zu konzentrieren. Man sagte mir einen unzerstörbaren Optimismus nach, aber um ehrlich zu sein, war dieser hart antrainiert.

Wie sollte es auch anders sein mit einer quasi nicht vorhandenen Familie und einer Mutter, die sich mehr Sorgen über die Menge ihres Alkoholvorrats machte als darum, ob ihre Tochter in die Schule ging oder nicht.

Also nutzte ich diese Fähigkeit, verdrängte Mr. Fischers Tussi aus meinen Gedanken und ging frohen Mutes die Hauptstraße von Pinewood Bay entlang in Richtung des Brown's Pub.

Ich hatte da noch etwas klarzustellen und wollte auf gar keinen Fall, dass Jesse sich in irgendeiner Art und Weise sich Sorgen darüber machte, dass ich mit ihm flirten würde.

Also nicht, dass er nicht flirtenswert gewesen wäre, denn er war definitiv der Typ heißer, grüblerischer Kerl. Aber ich war nicht auf der Suche nach einem Mann in meinem Leben – ganz im Gegenteil. Ich wollte mich auf meinen Job konzentrieren.

Ein kleines bisschen besser gelaunt und voller Enthusiasmus stieß ich die Tür zum Brown's Pub auf.

Es war recht gut besucht, jeder zweite Tisch war

belegt und es herrschte eine angenehme Geräuschkulisse.

Ich mochte dieses Murmeln, das größere Menschenmengen in geschlossenen Räumen erzeugten. Es hielt mich davon ab, einzelne Unterhaltungen verfolgen zu müssen, die ich überhaupt nicht verfolgen wollte, aufgrund meines guten Gehörs aber dazu gezwungen war.

Lächelnd sah ich Jesse Brown entgegen, der alles andere als glücklich darüber wirkte, dass ich sein Pub wieder aufsuchte. Im Gegenteil, ich hatte sogar das Gefühl, dass er die Augen verdrehte und sich ans andere Ende des Tresens verzupfte.

Verdammt! Ich hatte ihn wohl ganz eindeutig zu freundlich behandelt. Etwas, das ich leider Gottes sehr gut konnte, und weswegen ich immer wieder Probleme damit hatte und Menschen dachten, ich würde mit ihnen flirten, obwohl das überhaupt nicht meine Absicht war.

Jesse flüchtete ganz eindeutig augenverdrehend vor mir, dennoch setzte ich mich lächelnd an den Tresen. Einige Minuten lang versuchte er wohl, mich zu ignorieren. Schließlich stöhnte er aber, warf sich sein Geschirrhandtuch auf diese sexy Art und Weise über die Schulter und kam zu mir herüber.

Seufzend sagte er: "Was darf's sein?"

"Ein Wasser ohne Kohlensäure bitte", sagte ich und er verengte die Augen zu Schlitzen.

"Wenn du jetzt Salat sagst, Schätzchen, bekommen wir ein ernsthaftes Problem."

Eine meiner Augenbrauen schoss nach oben. "Warum?"

"Weil das hier ein Pub ist, Süße. Hier essen Leute Burger und trinken Bier und nicht stilles Wasser und Salat."

"Warum hast du es dann auf der Karte?", fragte ich unzufrieden und zog die Augenbrauen zusammen.

Er nahm mir die Karte weg, die ich eben noch in den Fingern hatte, schnappte sich einen schwarzen Edding und strich den Salat einfach durch. "Salat ist aus", grummelte er, und ich konnte nicht fassen, dass er gerade mit einem Edding in seiner Speisekarte rumgemalt hatte.

"Ähm, ja, dann, ähm, wohl keinen Salat", stammelte ich und versuchte wieder ein bisschen etwas von meiner guten Laune zurückzubekommen. Was zum Teufel stimmte nicht mit diesem Kerl?

Ich studierte die verschandelte Karte, während er mir mein Wasser machte, und bestellte schließlich den Brown-Burger – wie originell. Innerlich verdrehte ich die Augen.

"Die Arbeit läuft richtig toll", erzählte ich Jesse,

der es ganz eindeutig wirklich nicht hören wollte, aber das erinnerte mich nur daran, dass er davon ausgehen musste, dass ich mit ihm flirten wollte. Dieses Thema würde ich als Nächstes aufgreifen. Also nahm ich noch einen Schluck von meinem Wasser und lächelte dann zufrieden.

"Ich liebe diese Arbeit, und ich kann mir wirklich vorstellen, dass ich länger für Bürgermeister Fischer arbeite."

Jesse murmelte etwas, was ich nicht verstand, und machte sich dann daran, wieder irgendwelche Gläser zu polieren, die eigentlich schon poliert waren.

"Es ist ein toller, abwechslungsreicher Job und genau das, was ich in Portland gelernt habe."

Er schnaubte – was auch immer ihm daran nicht gefiel. Doch bevor er eine Erwiderung sagen konnte, klingelte diese kleine, altmodische Glocke an der Durchreiche zur Küche und mein Burger erschien dort.

Uff! War der riesig! Wer sollte das denn essen?

"Ich werde mich voll und ganz auf meine Arbeit konzentrieren", sagte ich, während Jesse die wenigen Schritte zur Durchreiche ging und meinen Burger holte. "Beziehungen kommen für mich überhaupt nicht infrage. Für mich stehen mein Job und meine Karriere an erster Stelle", stellte ich klar und rollte dann das

Besteck aus der Serviette aus, die Jesse vor mir abgelegt hatte. "Ich will meine Karriere voranbringen, und irgendwann, wenn mir der richtige Kerl mal über den Weg läuft, erst dann werde ich über eine Familie nachdenken. Vielleicht auch gar nicht. Ich bin eh nicht so der Familientyp."

Und das stimmte sogar. Zwar mochte ich Kinder und wollte definitiv mal eigene haben, aber es war nicht das Wichtigste in meinem Leben. Ich fand, Kinder mussten zu den Lebensumständen passen, und wenn ich meinem Kind keine perfekte Kindheit bieten konnte, dann wollte ich auch keines bekommen. Ich wollte nicht ein weiteres dieser vernachlässigten Schlüsselkinder in die Welt setzen, die ohne Eltern aufwuchsen und die Hälfte der Zeit auf der Straße verbringen mussten.

Also nicht, dass eine auf der Straße verbrachte Kindheit in Pinewood Bay irgendetwas Schlimmes sein konnte. Wie sollte es auch in diesem malerischen Städtchen? Aber eine vernachlässigte Kindheit in Portland war alles andere als schön – und da konnte ich nun mal aus erster Hand sprechen.

Jesse wirkte zunehmend verärgerter, je mehr ich über meine Zukunftspläne berichtete, und ich verstand nicht genau, mit was ich ihm auf die Füße trat, aber irgendetwas passte ihm ganz eindeutig nicht.

Ich redete mich quasi um Kopf und Kragen. Doch das schien das Ganze nicht unbedingt besser zu machen.

## JESSE

Ihr Geblubber nervte mich. Es nervte mich zunehmend, und von Minute zu Minute, in der ihre irgendwie nervtötend sexy Stimme in mein Ohr drang, wurde ich angepisster.

Sie war definitiv nicht nur äußerlich, sondern auch innerlich genau das, was ich von einer Großstadttussi erwartete. Eine Frau, die ihre Karriere über alles stellte, der es nur darum ging, so schnell und so weit wie möglich nach oben zu gelangen. Ganz egal, was dabei auf der Strecke blieb. Sie war diese typische Touri-Tussi, die nach Pinewood Bay kam. Genau wie Elizas Mom damals.

Vielleicht triggerte sie mich deswegen so mit ihren fast schon absurd hohen Absätzen, mit denen sie hier quer durch mein Pub stiefelte, als würde es ihr gehören. Ich hasste es wenn sie mir erzählte, was am Pub alles falsch sein sollte, obwohl es schon seit Generationen so war, wie er nun mal war – und genau so gut war!

Ich würde ihr gern ihren dünnen, kettenbehangenen Hals dafür umdrehen, dass sie sich ständig darüber ausließ, was ich alles ändern musste.

Ich musste überhaupt nichts ändern.

Ich mochte mein Leben, wie es war, und ich mochte es um einiges lieber als Livi Miller. Wer hieß schon Livi Miller?

Ich hatte sie nicht darum gebeten, sie mit irgendeinem Kosenamen ansprechen zu können, als wären wir beste Freunde.

Verdammte Axt! Dieses Mädel hatte definitiv nicht mehr alle Latten am Zaun. Und es nervte mich auch, dass sie immer wieder betonte, dass sie absolut nichts hier in Pinewood Bay suchte. Es klang fast so, als würde sie mich davon überzeugen wollen, dass ich der mit Abstand schlechteste Fang des Universums wäre, und damit trampelte sie – um ehrlich zu sein – nur noch mehr auf meinen Nerven herum.

Vielleicht sollte ich es ihr einfach heimzahlen. Vielleicht sollte ich mit ihr stellvertretend für all die Stöckelschuh-Touri-Tussis flirten und ihr so den Kopf verdrehen, wie Elizas Mom es damals mit mir gemacht hatte. Vielleicht sollte ich den Livi Millers dieser Welt einfach einmal klarmachen, dass man mit Kleinstadtmännern wie mir nicht spielte, dass man nicht in eine Stadt wie Pinewood Bay kam, alles auf den Kopf stellte und dann davon ausging, dass sich die Welt nur um sie drehte. Ganz egal, was das alles an Konsequenzen nach sich zog.

Livi Miller war das Modell Frau, das einen Mann wie mich mit einem kleinen Baby in einer Kleinstadt zurückließ. Sie würde genauso wie Elizas Mom einfach abhauen, mir das Kind in den Arm legen und dann zurück zu ihrer Karriere flüchten.

Ich war so wütend – nicht nur auf das Miststück, das Eliza verlassen hatte, sondern auch auf Livi Miller, die mir ständig sagte, was an mir und meinem Pub nicht passte. Also lehnte ich mich mit dem Unterarm auf den Tresen, kam ihr näher, als es für einen Fremden schicklich gewesen wäre, und lächelte sie ganz dreist an.

"Darf ich dir noch was bringen, Livi?", fragte ich und versuchte es in dem charmantesten Ton rüberzubringen, den ich auf Lager hatte.

Sie blinzelte verwirrt.

"Äh, nein, ich äh, nein?", stotterte sie dann, und ich freute mich ein wenig darüber, dass ich sie so leicht aus dem Konzept hatte bringen können. Dafür, dass sie behauptete, dass sie absolut kein Interesse an Männern wie mir hatte.

Gelogen!

Einfach gelogen. Großstadt-Tussi eben.

"Ich kann dir auch einen Drink machen, Schätzchen. Das würde dich vielleicht ein bisschen auflockern." Ich zwinkerte ihr ziemlich provokant zu und stieß mich dann vom Tresen ab, um Mrs. L ihre heiße Schokolade auf die andere Seite der Bar zu tragen.

Als ich zurück zu Livi kam und mein Flirt-Barometer noch ein wenig höher stellte, begann sie, nervös auf ihrem Burger herumzukauen. Und das, obwohl sie ganz eindeutig schon vor fünf Minuten mit ihrem Abendessen abgeschlossen hatte. Noch ein Punkt für mich.

Grinsend ging ich zu dem kleinen Regal mit den Spirituosen und suchte einen dieser lächerlich süßen Liköre heraus. Ich schenkte zwei Gläser voll ein und ging dann zurück zu ihr.

"Der geht aufs Haus, Livi", sagte ich und betonte ihren Namen dabei extra rau.

Wieder blinzelte sie und sah mich ein wenig so an wie ein Reh im Scheinwerferlicht.

Gut so!

*Genau, Livi. Du bist völlig immun gegen Kleinstadtmänner wie mich. Mhm, bestimmt!*

Ich stieß mit meinem Glas gegen ihres, und sie trank den Likör dann zögerlich, ehe sie den Teller mit dem halben Burger von sich schob und das halbe Glas Wasser auf ex hinterherkippte.

"Schon fertig?", fragte ich.

Sie nickte hektisch.

"Hat es dir etwa nicht geschmeckt?"

Ein Kopfschütteln.

"Hmmm, Livi, ein bisschen mehr brauchst du aber schon auf den Rippen", sagte ich und griff dann absichtlich nach ihrem Oberarm, um diesen leicht zu drücken. Er war winzig – wirklich winzig. Ich hätte mit einer Hand problemlos ihren Bizeps umspannen können.

Was mich ein wenig aus dem Konzept brachte, war das Kribbeln in meiner Handfläche, als ich ihren Oberarm berührte. Absolut unangebracht dafür, dass ich doch sie aus dem Konzept bringen wollte. Aber immerhin das hatte ich geschafft, denn sobald ich sie losließ, kramte sie aufgewühlt in ihrer Handtasche und brachte schließlich mit leicht zittrigen Fingern ihren Geldbeutel hervor.

"Okay, ich … dann … äh, muss mal los", sagte sie, legte mir ein paar Dollarscheine auf den Tresen, warf sich ihre lächerlich teure Markenhandtasche über die Schulter und stöckelte dann quer über meinen wunderschönen, nicht austauschbaren Parkett hinaus zu meiner Tür.

Eins zu null für mich. Kleinstadtmann siegt über Großstadttussi.

"Was war das denn, Jesse?", fragte Colton Rayes, der ebenfalls am Tresen saß und das Ganze interessiert beobachtet hatte.

Ich grinste breit. "Manchen Weibern muss man mal einen Denkzettel verpassen, oder?"

Er lachte und schob mir dann sein leeres Bierglas entgegen. "Da drauf trink ich noch einen."

## OLIVIA

War mir Jesses Art am Vortag schon merkwürdig vorgekommen, so war ich heute restlos verwirrt.

Warum zum Teufel flirtete er auf einmal mit mir – und das, obwohl er doch ganz eindeutig eine Familie zu Hause hatte. Eine kleine Tochter, die so bezaubernd war, dass ich ihr am liebsten in die Wange gekniffen hätte.

Dass seine Flirterei in mir sogar noch ein Kribbeln in meinem Bauch auslöste, war ein absolutes No-Go, denn ich fing nichts mit irgendwelchen vergebenen Männern an – niemals!

Die Kombination aus diesen beiden Tatsachen hatte dafür gesorgt, dass ich schnellstmöglich meine Füße in die Hand genommen hatte, um aus dem Pub zu fliehen. Und es musste wirklich wie eine Flucht ausgesehen haben. Okay, ich war nicht gerannt, aber ich hatte mit Sicherheit diesen Reh-im-Scheinwerfer-Blick und viel zu schnelle Schritte.

Die wenigen Meter bis zum Hotel reichten nicht aus, um meine Gefühle in den Griff zu bekommen. Deshalb war es nicht verwunderlich, dass Alexandra mich beim Hereinkommen ansprach.

"Ist alles in Ordnung, Livi?", fragte sie mit ihrer weichen, melodischen Stimme.

Ich zog die Nase kraus und schüttelte leicht den Kopf. "Ich weiß nicht, ich kann mit diesem Jesse Brown irgendwie nichts anfangen."

"Jesse?" Alexandra beugte sich nach vorn und lehnte sich mit einem Ellenbogen auf den Tresen in dem gemütlichen Empfangsraum.

Das Hotel war so heimelig, dass ich mich schon am zweiten Tag meines Aufenthalts irgendwie zu Hause fühlte.

Es lag aber wohl nicht nur an dem gemütlichen Interieur, sondern vor allem an Alexandra, die einem das Gefühl gab, dass man wichtig war und Teil ihrer Hotelfamilie war.

Sie kümmerte sich wirklich super um jeden Einzelnen. Also zumindest um mich, und das wiederum ließ mich hier in diesem wundervollen Ambiente noch wohler fühlen.

"Gestern war er so zickig zu mir und abweisend und so, als würde ich ihn mit meiner Anwesenheit persönlich beleidigen, und heute wiederum flirtete er mit mir. Ganz unverhohlen."

Alexandras Stirnrunzeln sagte mir, dass auch für sie das Verhalten nicht zusammenpasste. "Jesse? Hm. Also dass er unhöflich und griesgrämig ist, das kann ich mir ja noch vorstellen, aber einen flirtenden Jesse … Ich weiß nicht, wann ich das das letzte Mal erlebt habe." Sie lächelte und schien Jesse Brown wirklich zu mögen – was mich wiederum verwirrte, denn bis jetzt hatte ich außer seinem Äußeren wirklich nichts an diesem Mann gefunden, das auch nur annähernd etwas wie Freundlichkeit in mir auslösen würde.

Ich schnaubte. "Ja, griesgrämig passt ziemlich gut. Heute hat er sich geweigert, mir einen Salat zu bringen."

Alexandra lachte auf. Ihr Lachen war melodisch

und sorgte dafür, dass ich mich gleich ein klein wenig besser fühlte.

"Wie kann man sich denn weigern, einen Salat zu bringen, wenn man einen Salat anbietet?"

Das ließ mich wiederum schnauben. "Indem er es kurzerhand mit einem Edding aus der Karte gestrichen hatte."

Alexandras nächstes Lachen war volltönend, und sie schien wirklich erheitert zu sein im Gegensatz zu mir.

Was zum Teufel sollte das und was hatte ich diesem Mann getan, dass er so ambivalent zu mir war?

Da ich für heute schon genügend seltsame Dinge erlebt hatte, winkte ich Alexandra zu. "Ich geh jetzt unter die Dusche. Ich muss das alles erst mal verdauen."

"Einen schönen Abend, Livi", rief sie mir nach und winkte, während ich die Stufen der Treppe nach oben ging.

Als wäre das Zurechtfinden in einer fremden Stadt, ein neuer Job und eine merkwürdige Freundin meines neuen Bosses nicht schon mehr als genug, musste mir auch noch Jesse Brown zwischen die Beine grätschen.

Nun, natürlich hätte ich eigentlich nicht viel mit ihm zu tun haben müssen, aber irgendwas an dieser winzigen Stadt verlockte mich dazu, mich mit jedem einzelnen Bewohner anfreunden zu wollen. Die meisten von ihnen machten es mir auch wirklich leicht. Sogar die verschrobene Schulbusfahrerin Frieda Longbottom und George Wellington, der mir noch eine Stadtführung inklusive Hexenverfolgungsgeschichten schuldig war.

Alle außer Jesse Brown. Und vielleicht war gerade das der Grund, warum ich mich so sehr zu ihm hingezogen fühlte. Das war wohl ein Teil meines Kindheitstraumas, das ständige Bemühen darum, von jedem gemocht zu werden, weil ich von meinem Vater verlassen worden war und von meiner Mutter ständig vernachlässigt.

Ich schüttelte den Gedanken ab und sperrte mein Hotelzimmer auf. Ich war nicht hier, um zu jammern, ich wollte überhaupt kein Gejammer in meinem Leben, denn Jammern löst keine Probleme. Jammern sorgt nur dafür, dass man sich noch länger in seinem eigenen Elend suhlte.

Ich musste positiv sein und nach vorn sehen und mein Leben optimistisch auf die Reihe bekommen. So wie ich es immer getan hatte. Das war meine Bewältigungsstrategie – schon seit meiner Jugend.

Also stellte ich mich vor den Spiegel und lächelte. Ich wollte diese Glücksgefühle in mir auslösen und das Durcheinander, das Jesse in mir hinterlassen hatte, loswerden.

Ich lächelte und lächelte, bis ich mich ein klein wenig zufriedener fühlte.

Dann zog ich mich aus und ging unter die Dusche.

Ein Mann wie Jesse Brown konnte mir nichts anhaben. Ich hatte schon ganz andere Sachen in meinem Leben hinter mich gebracht.

Ich hatte mich selbst aus diesem Dreck von Kindheit gezogen – und das allein mit meinem unerschütterlichen Optimismus.

Was sollte ein einzelner Mann mir da schon antun?

Sein lächerliches Geflirte prallte an mir ab. Er hatte eine Familie, er musste nicht mit mir flirten. Er sollte nicht mit mir flirten. Und vielleicht würde ich ihm das auch bei Gelegenheit deutlich machen.

Ich war nicht gerade der Typ Mensch, der sich gerne in Konfrontationen begab. Im Gegenteil – ich wollte Friede, Freude, Eierkuchen um mich herum, und das würde ich wohl auch schaffen.

Notfalls musste ich schließlich nicht in Jesse Browns Pub gehen. Jesse Brown mit diesem lächerlichen Brown's Pub.

Ich schnaubte.

Warum ärgerte ich mich schon wieder?

*Optimistisch und positiv, Livi Miller! Immer optimistisch und positiv bleiben. Du kannst alles schaffen. Du bist stark und unabhängig. Du brauchst niemanden außer dich selbst.*

Ich stellte mein Wasser auf eiskalt, um mir die komischen Gedanken an diesen heißen Kerl hinter diesem dunklen, altbackenen Tresen aus dem Kopf zu waschen.

Verdammte Scheiße!

# KAPITEL 3

OLIVIA

Tag drei in Pinewood Bay, und von meinem sonst so unerschütterlichen Optimismus war heute nicht sonderlich viel übrig geblieben. Ich hatte einen wirklich beschissenen Arbeitstag hinter mir, und das nicht, weil die Arbeit schlecht war oder mein Boss schlecht war, sondern weil die verrückte Freundin meines Bosses schlecht war.

Ich konnte nicht verstehen, warum sie den ganzen Tag "beratend" – ich setzte das Wort gedanklich in Anführungszeichen – um den Bürgermeister herumstrawanzte.

Sie trug wieder diese unfassbar hohen Schuhe und

den lächerlich kurzen Rock, der mehr ein Gürtel war, als dass er wirklich etwas von ihren Arschbacken verdeckte.

Und genau deshalb war Paul Fischer nervtötend unkonzentriert, und das von einem Mann, der Bürgermeister dieser Stadt sein wollte. Er war doch kein kleiner Schuljunge.

Warum musste sie überhaupt da sein? Sie könnte doch einfach irgendwo shoppen gehen. Vielleicht ein paar Kleider, die mehr ihrer Körperteile verdeckten. Und nein, es hatte absolut nichts mit Eifersucht zu tun, denn ganz egal, wie attraktiv Paul Fischer auch war – ich wollte mit ihm definitiv nichts anfangen. Das hatte noch nicht einmal damit etwas zu tun, dass er mein Boss war, sondern mit der Tatsache, dass er ziemlich oberflächlich zu sein schien und mir mit seiner Arbeitsmoral ein bisschen auf die Nerven ging.

Ich mochte bodenständige Männer. Männer, die hart arbeiteten und Leistung erbrachten, so wie ich es tat. Bürgermeister Fischer war eher das Modell Aushängeschild, und seine Tussi gehörte genau zur gleichen Kategorie.

Dass ebenjene Tussi mich dauernd mit irgendwelchen niederen Arbeiten ablenkte, obwohl ich doch ein großes Konzept zu entwickeln hatte, trieb mich wirklich an den Rande des Wahnsinns.

Ja, natürlich, wir brauchten auch Kaffee, und ja, die Sekretärin war nicht mehr da – und das schon viel früher als erwartet –, doch warum konnte des Bürgermeisters beste Tussi den Kaffee nicht holen und mich meine Arbeit machen lassen?

Ich schnaubte selbst über meine abwertende Denke. Aber es waren einfach ein paar Stunden zu viel in diesem Kussi-Kussi-Bussi-Bussi-Universum.

Ich war schließlich nicht ihr Laufmädchen, und dennoch war ich den halben Tag damit beschäftigt, irgendwas für Amanda und Mr. Fischer zu holen. Kaffee, Cupcakes, Unterlagen, was auch immer.

Zwischendurch verschwanden die beiden wieder für eine Stunde, und ich konnte mir lebhaft vorstellen, was genau dort im Büro von Mr. Fischer passierte.

Fast schon automatisch trugen mich meine Füße ins Brown's Pub. Warum auch immer ich mir diesen Stress heute auch noch reinziehen wollte, ich wusste es nicht. Vielleicht hatte ich doch eine leicht masochistische Ader.

Ich schob die Tür auf und wäre auf der löcherigen Gummifußmatte, die heute auf einmal direkt vor dem Eingang lag, beinahe hingefallen, weil sich mein Absatz in einem der Löcher verfangen hatte.

*Verdammte Axt!,* fluchte ich im Stillen und schaffte es gerade noch so, das Gleichgewicht zu halten.

Jesse grinste mich amüsiert von hinter dem Tresen aus an, ohne aufzuhören, ebenjenen mit seinem Geschirrtuch abzuwischen.

"Was zum Teufel ist das?", fragte ich anklagend und deutete auf die Gummimatte.

Noch immer grinsend zuckte Jesse mit den Schultern, und ich hatte zunehmend das Gefühl, dass er die Matte mit Absicht dorthin gelegt hatte.

"Das nennt man eine Fußmatte, Schätzchen", sagte er und warf sich dieses Geschirrtuch wieder auf diese lässige Art über die Schulter, die mich in den Wahnsinn trieb.

An Tagen wie diesen wollte ich besagtes Geschirrtuch nehmen, es ihm um den muskulösen Hals legen und zuziehen, bis ihm sein blödes Grinsen aus dem hübschen Gesicht fiel.

Innerlich schüttelte ich den Kopf.

*Optimistisch, Livi, optimistisch. Dein Optimismus ist unerschütterlich.*

Also lächelte ich, was Jesse wohl zu verwirren schien – Gott sei Dank. Ich brauchte also meine Geschirrtuchtechnik nicht anzuwenden.

"Ah, stimmt ja, Januar, Schnee und so", sagte ich, als wäre es vollkommen selbstverständlich, dass diese Stolperfalle direkt hinter der Tür lag.

Dann straffte ich die Schultern und stöckelte auf

meinen nicht ganz so tussihohen Absätzen hinüber zum Tresen. Ich setzte mich und nahm eine der Speisekarten von ganz unten aus dem Stapel.

Ich schlug sie auf und sah, dass es Gott sei Dank eine war, in der Jesse nicht mit seinem Edding herumgeschmiert hatte.

Ich lächelte ihn zuckersüß an und sagte: "Was ich für ein Glück habe, heute gibt es wieder Salat."

Sein Grinsen verrutschte noch weiter, aber er nahm nicht erneut den Stift, um den Salat aus der Karte zu streichen – was ich als kleinen Sieg verbuchte.

"So bissig heute, Schätzchen?", fragte er und schob mir, ohne dass ich etwas bestellt hatte, mein Wasser zu.

"Ach … ich hatte einen ziemlich beschissenen Arbeitstag." Ich klang mitleidiger, als es mir lieb war.

"Uh", sagte er überrascht und einer seiner Mundwinkel zuckte. "Du kannst etwas beschissen finden?"

*Dich*, wollte ich gern antworten, aber ich tat es nicht, sondern erzählte lieber von Amanda und erheiterte damit nicht nur ihn, sondern anscheinend auch das halbe Pub.

Hier gab es mehrere Männer und Frauen rund um mich herum, die bei meinen Beschreibungen von Amanda und Mr. Fischer zusammen herzhaft lachten. Ja, von außen betrachtet klang die Geschichte witzig, aber wenn man jeden Tag live dabei sein musste, war es wirklich eine Qual. Amanda schaffte es, mich mit ihren nicht enden wollenden Spitzen und den unzähligen Botengängen, dass ich ernsthaft darüber nachdachte, eine Gummimatte wie die von Jesse vor dem Büro zu platzieren. Am besten so, dass sie direkt die Treppe hinabstürzte und für ein paar Wochen zu Hause bleiben musste.

*Optimistisch, Livi, optimistisch. Dein Optimismus ist unerschütterlich,* versuchte ich mich zu erinnern, aber es fiel mir im Moment schwer.

"Vielleicht solltest du lieber in die Comedy-Schiene gehen", neckte Jesse mich und servierte mir meinen Salat.

Er hatte ja keine Ahnung. Zum Lachen war mir gerade wirklich nicht zumute … zumindest bislang, denn dieser Pub-Besuch machte alles ein klein wenig besser.

Was natürlich absolut nicht an dem amüsierten Funkeln in Jesses warmen, braunen Augen lag. Nein. Ganz und gar nicht.

Ich mochte Jesse nicht, der mich immer weiter mit seinen kleinen Spitzen in den Wahnsinn trieb. Hatte ich heute noch nicht genug ertragen? Musste er immer weiter an meinem sowieso schon hauchdünnen Geduldsfaden ziehen?

# JESSE

Es machte mir Spaß, sie aufzuziehen. Es machte mir Spaß, sie zu necken und mir all die kleinen Sticheleien auszudenken. Es machte mir mehr Spaß, als es mir machen sollte. Dabei zuzusehen, wie ihr Hals immer röter wurde und sie eindeutig kurz davor war, zu platzen, sich aus irgendeinem Grund aber zurückhielt.

Wäre es umgekehrt gewesen, wäre ich ihr schon bei der dritten kleinen Spitze einmal übers Maul gefahren. Aber sie riss sich zusammen und klebte sich immer wieder dieses unechte Lächeln ins Gesicht. Was sollte das?

Hatte ihr diese Grimasse schon mal irgendjemand abgenommen?

Aus irgendeinem Grund konnte ich nicht anders und flirtete zusätzlich mit ihr. Wies sie darauf hin, dass sie so hübsche Beinchen hatte und doch lieber Turnschuhe anziehen sollte, damit sie sich nicht demnächst auf irgendeiner Fußmatte die Beine brach.

Ich liebte die Art, wie ihre Lippen schmal wurden und sie mich aus zu Schlitzen verengten Augen musterte, ehe sie sich besann und wieder anfing zu lächeln. Es war ein Kreislauf, den ich nur allzu gern immer wieder von vorn anstichelte.

"Salat ist übrigens für den Rest der Woche ausverkauft", sagte ich, als ich ihr den Teller wieder abnahm.

Stirnrunzelnd sah sie mich an. "Wie kann der Salat denn ausverkauft sein?"

Ich zuckte mit den Schultern. "Ich brauche den Salat für gute Dinge, für richtige Dinge – zum Burgermachen und so."

"Du kannst nicht Salat anbieten, wenn du dann keinen Salat verkaufen möchtest."

Ich schnaubte. "Ich kann, und ich werde, Schätzchen. Und wenns dir nicht passt, dann geh und kauf deinen Salat im Supermarkt."

"Das ist so … Argh!", sagte sie und konnte sich zum ersten Mal ein Knurren in ihrer Stimme nicht verkneifen. "Ich hab wirklich keine Ahnung, was du für ein Problem mit Salat hast."

Ich lachte auf. "Salat ist mein kleinstes Problem, Schätzchen." Dann beugte ich mich wieder zu ihr rüber und musste feststellen, dass sie leider verdammt gut roch.

Süß irgendwie. Nach Sommerblumen und Winterbrise zugleich.

Meine Nähe schien sie zumindest genauso aus dem Konzept zu bringen wie mich, denn sie riss den Blick von mir los und wühlte fahrig in ihrer viel zu großen Handtasche, nur um dann ein paar Dollarscheine auf den Tresen zu werfen und vom Barhocker zu hüpfen.

"Nicht so eilig, Süße, sonst brichst du dir die Beinchen", rief ich ihr nach, als sie nach draußen stöckelte. "Und um diese Beine wäre es wirklich schaaade", rief ich ihr hinterher und lachte dann laut auf, als die Tür knallend hinter ihr ins Schloss fiel.

Rundherum zufrieden nahm ich ihr Glas und spülte es, während ich grinsend über die letzten Minuten nachdachte.

Verdammt! Wann zum Teufel hatte sich Livi Miller zu meinem Tageshighlight entwickelt?

"Warum machst du das?", ertönte eine mir wohlbekannte Stimme aus einer Ecke, von der ich wusste, dass Derek Gibson dort heute saß. Er war der Arzt von Pinewood Bay und kannte jeden Einzelnen hier wie seine Westentasche.

"Warum mache ich was?" Ich stellte mich ahnungslos und beschäftigte mich dann wieder eingehend mit dem Tresen.

"Warum du das arme Mädel so ärgerst?"

Ich zuckte mit den Schultern. "Weil sie mich ärgert."

"Jesse ...", sagte er in dieser anklagenden Art, wie nur weise Männer es tun können. Weise Männer, zu denen ich mich selbst nicht zählte.

"Weil sie mich in den Wahnsinn treibt."

"Für mich sieht es so aus, als würde sie nur hierherkommen, um zu essen, wie jeder andere von uns."

Ich schnaubte. "Sie ist am ersten Tag schon hier reingekommen und hat mir erzählt, was an meinem wundervollen Laden alles scheiße ist."

"Vielleicht mal darüber nachgedacht, dass es einfach noch Optimierungsbedarf gäbe?"

Ich starrte ihn wütend an. "Vielleicht mal drüber nachgedacht, dass sie auch deine Arztpraxis optimieren könnte?"

Er schauderte kurz. "Dennoch kein Grund, oder?"

"Ich brauche keinen Grund", sagte ich und füllte dann ein weiteres Bier für einen meiner Stammkunden ab.

Warum zum Teufel sollte ich einen Grund brauchen?

Es war mein Pub, und es war meine Entscheidung, wie ich mit meinen Kunden hier umging. Und Livi Miller stand definitiv auf der Liste von Menschen, denen ich das Leben nicht unbedingt leichter machen musste. Sie hatte diese überhebliche Großstadttussi-Art und schon allein deswegen mochte ich sie nicht.

Ich wollte sie nicht hier haben. Nicht hier in meinem Pub, nicht hier in meiner Stadt. Sie sollte weggehen, zurück nach Portland zu den anderen Großstadttussis und sich dort schöne Kleider kaufen – oder was auch immer Großstadttussis in großen Städten taten.

Aber sie sollten definitiv nicht jeden Tag in meinem Pub sitzen, Wasser ohne Kohlensäure trinken und Salat fressen.

Verdammt!

Das hier war ein Pub, in dem man Bier trank und Steaks aß und keine Salatbude für Möchtegern-Kaninchen.

Ich mochte Livi Miller nicht, ich mochte sie nicht … ich mochte sie nicht … nicht … mögen.

Nein! Ich verdrehte über mich selbst die Augen. Verdammte Scheiße! Es machte mir viel zu viel Spaß, mit ihr zu flirten.

Das sollte eigentlich alle Alarmglocken bei mir angehen lassen, aber irgendetwas in mir sorgte dafür, dass ich reichlich Dämmmaterial um alle Glocken schichtete, um jedes noch so kleine Alarmgeräusch zu unterdrücken. Es sollte mir Sorgen bereiten, dass ich jedes ungute … oder viel zu gute Gefühl in meinem

Bauch ignorierte und mich wider besseres Wissen schon nachmittags auf Livis Besuche vorbereitete, indem ich Fußmatten kaufte und mir ähnlichen Scheiß in meinem Kopf ausdachte.

Ich wollte nicht darüber nachdenken, dass ich Großstadttussi Livi gar nicht so abstoßend fand. Weil ich sie extrem abstoßend fand. Sicher! Ich fand sie abstoßend.

Sie war nicht mehr als eine weitere Großstadttussi!

# KAPITEL 4

## OLIVIA

"Ich möchte Cupcakes von dieser kleinen Bäckerei die Hauptstraße runter", sagte Amanda in diesem fürchterlichen Husch-husch-Mädchenton.

Ich hätte ihr am liebsten vor die Füße gekotzt. Wahlweise hätte ich ihr auch den Locher an den Kopf geworfen, was sich eben als Erstes angeboten hätte.

Ganz egal, Hauptsache, ich hätte nicht ein weiteres Mal ihre ekelhaft zuckersüße Stimme hören müssen. Dieses Gesäusel stellte mir die Nackenhaare auf!

Sie ging mir auf die Nerven. Von Tag zu Tag mehr. Es war unerträglich.

Hatte ich am Anfang noch gedacht, sie würde einfach nur ihre Besitzansprüche gegenüber Mr. Fischer deutlich machen wollen, kam es mir mittlerweile so vor, als wäre es ihr ein Anliegen, mir den Tag zu verderben.

Ich presste die Kiefer aufeinander und warf einen Blick zu Mr. Fischer, doch dieser zuckte lediglich mit den Schultern.

"Ich nehm auch einen, mit Schokolade bitte."

*Sein Scheiß-Ernst?*

Ich war nicht hier, um ihm oder seiner Tussi Kaffee und Gebäck zu bringen. Ich war hier, weil ich ein wirklich, wirklich wundervoll klingendes Praktikum absolvieren wollte, das mir eine Steilvorlage für meine restliche Karriere bereiten sollte. Doch was in den letzten Tagen hier abging, grenzte wirklich an Mobbing – oder wie auch immer man es nennen wollte. Es hatte auf jeden Fall nichts damit zu tun, was ich hier arbeiten sollte.

Ich atmete einige Male tief durch und zimmerte mir ein falsches Lächeln ins Gesicht. Dann drehte ich auf dem Absatz um und ging aus dem Büro.

*Positiv denken, Livi, positiv denken. All diese Menschen in deinem Leben sind nur eine Prüfung. Du musst sie überstehen, dann wird alles besser und dann wird dein Erfolg garantiert sein*, betete ich mir innerlich selbst vor, konnte es aber im Moment leider nicht so wirklich glauben.

O Mann! Diese blöde Tussi versaute mir den Tag. Mehrere Tage, mehrere Wochen und, wenn es ganz blöd lief, mein gesamtes Praktikum.

In Momenten wie diesen fiel es mir schwer, an meinem hart erarbeiteten, unerschütterlichen Optimismus festzuhalten.

Doch ich versuchte mich daran zurückzuerinnern, wie beschissen manche Tage in meiner Kindheit gewesen waren und dass ich alles mit eigenem Antrieb geschafft hatte.

*Ich kann es schaffen, ich werde es schaffen,* betete ich innerlich und klopfte mir gedanklich auf die Schulter. *Du bist ein starkes Mädchen, Livi, du kannst das, du brauchst keine Hilfe.*

Dennoch kochte in mir die Wut, sie kochte so hoch, dass es bestimmt Rauch aus meinen Ohren drückte, während ich die Stufen nach unten hinaus auf die Straße ging.

Ich atmete gegen meine Wut an, während ich die Hauptstraße entlangging, und stieß dann energisch die Tür zur Bäckerei auf.

Ich versuchte mir nicht anmerken zu lassen, dass ich kurz davor war, durchzudrehen, doch es schien mir nicht allzu gut zu gelingen.

Die junge Frau hinter dem Tresen zog die Augenbrauen leicht zusammen.

"Na, wieder eine Lieferung für den Bürgermeister?", fragte sie und lächelte mich aufmunternd an.

Das beruhigte mich zumindest ein winzig kleines bisschen. Es war schließlich nicht ihre Schuld, dass ich immer wieder hier aufschlagen musste.

Ich nickte. "Mhm, zwei Kaffee und zwei Schoko-Cupcakes", sagte ich und presste anschließend die Kiefer wieder aufeinander, damit mir nicht irgendein dummer Kommentar über unfassbar anstrengende, klugscheißerische und einnehmende Frauen über die Lippen kam.

Ungeduldig beobachtete ich die Dame dabei, wie sie den Vormittagssnack für den Bürgermeister und seine Lieblingstussi vorbereitete.

Als ich hörte, wie hinter mir die Tür zur Bäckerei erneut aufging, sah ich über meine Schulter.

Zu allem Übel war es Jesse. Jesse Brown. Wer auch sonst musste mir an diesem beschissenen Tag zusätzlich begegnen.

Dass er in dem dicken blauen Pullover, der unter seiner schwarzen Daunenjacke hervorblitzte, verdammt gut aussah, kotzte mich nur noch mehr an.

Er sollte nicht gut aussehen – oder besser gesagt sollte mir das nicht auffallen.

Als ich ihn zuletzt gesehen hatte, hatte er mich so lange aufgezogen, bis ich aus seinem Pub gestürmt war – wieder einmal. Weil ich ihn einfach nicht ertragen konnte mit seiner besserwisserischen Flirtart, und das als ein Mann, der als Vater doch eine Vorbildfunktion hatte.

Vater von diesem unglaublich süßen Mädchen, das gerade neben ihm stand und seine Hand hielt und mich dabei neugierig musterte.

"Olivia Miller", sagte er in einem Ton, der mir eine Gänsehaut bescherte, und allein dafür wollte ich ihm gern einen dieser pinken Cupcakes ins Gesicht werfen.

"Jesse Brown", äffte ich ihn nach und konnte nicht umhin, dem Mädchen ein beschwichtigendes Lächeln zu schenken.

"Uh, da hat aber heut jemand gute Laune", sagte er und grinste breiter, als würde ihm meine Wut Freude bereiten. Was ganz eindeutig so war, sonst würde er mich nicht die ganze Zeit so mobben.

"Was tust du hier, Jesse? Verfolgst du mich etwa? Irgendwelche Stalker-Tendenzen?", fragte ich mit hochgezogener Augenbraue.

Er schnaubte. "Nein, danke. Kein Interesse. Eliza und ich holen uns etwas zum Mittagessen."

Fassungslos starrte ich ihn an.

"Ernsthaft? Kuchen zum Mittagessen?"

Nun sah er mich an, als hätte ich nicht alle Latten am Zaun, dabei war er es doch, der seine Tochter mittags schon mit Zucker vollstopfte.

"Welcher Vater gibt seiner Tochter Kuchen zum Mittagessen?", fauchte ich und starrte ihn aus zu Schlitzen verengten Augen an.

Eine seiner Augenbrauen wanderte nach oben, und er musterte mich von Kopf bis Fuß, als wäre ich die, die hier wirklich verrückt war.

"Einer, der keine Zeit zum Kochen hat", antwortete er und verschränkte die massiven Arme vor seiner breiten Brust. Und allein, dass mir seine Arme auffielen, nervte mich noch viel mehr.

Ich nahm meine Bestellung von der Verkäuferin entgegen und wandte mich anschließend Jesse zu.

"Dann sollte eben ihre Mutter kochen", zischte ich und ging an ihm vorbei. Nicht, ohne ihn mit der Schulter unauffällig auffällig anzurempeln, und stürmte nach draußen auf die Straße.

Die kalte Luft beruhigte mein Gemüt nur ein wenig, denn alles an diesem Tag war einfach viel zu viel für mich. Von Bürgermeisters Tussi über den Bürgermeister und zu Jesse Brown.

Jesse Brown, der seiner kleinen Tochter Kuchen zu Mittag servierte und mich dann auch dabei noch so ansah, als wäre all das meine Schuld. Meine. Verdammte Axt, nichts hiervon war meine Schuld.

Ich war in diese zauberhafte Stadt gekommen, um einen wunderbaren Job zu machen, und nicht, um mich von superheißen Irgendwas-Kerlen in den Wahnsinn treiben zu lassen.

Ich hasste mein Leben, ich hasste Pinewood Bay und allen voran hasste ich Jesse Brown.

Jesse Brown mit diesem atemberaubenden Lächeln, seinem unfassbar gut aussehenden Körper und seiner Art, mich vollkommen verrückt zu machen.

## JESSE

"Miau", sagte Riley und machte eine kratzende Katzenbewegung mit der Hand.

Ich zuckte mit den Schultern und antwortete: "Ja, sie ist phasenweise etwas kratzbürstig." Dann grinste ich, weil ich es wieder einmal geschafft hatte, die sonst immer so aalglatte Livi Miller aus dem Konzept zu bringen.

Wir lachten beide, obwohl mir eigentlich bewusst sein sollte, dass Livi anscheinend einen wirklich beschissenen Tag hatte, wenn ich sie so sehr auf die Palme bringen konnte.

"Ein bisschen tut sie mir aber auch leid", sagte Riley und kramte dann nach einer dieser winzigen Pralinen, die sie Eliza über den Tresen hinweg reichte. "Hier, mit Nugat, Mäuschen."

"Danke, Riley", sagte Eliza und stopfte sich die kleine Kugel sofort in den Mund.

"Sie tut dir leid?", fragte ich an Riley gewandt.

Diese nickte. "Mhm, sie muss ganz schön oft Cupcakes und Kaffee holen."

"Na ja, das ist ja auch ihr Job, oder?"

Riley schüttelte den Kopf. "Nein, eigentlich hat sie hier eine ziemlich coole Praktikumsbeschreibung. Ich hatte damals die Ausschreibung gelesen und da stand wirklich nichts von Kaffeeholen." Sie flüsterte die letzten Worte, als wäre es ein Geheimnis.

Ich zuckte mit den Schultern. "Wenn man irgendwo neu anfängt, ist man doch sowieso immer erst mal der Depp vom Dienst."

"Hmmm, ja", sagte Riley und fügte dann hinzu: "Aber sie ist nicht der Depp vom Dienst, sondern der Depp von Fischers neuer Freundin."

"Diese Barbie mit den braunen Haaren?"

Riley nickte. "Ich hab keine Ahnung, was er mit der will, aber für Pinewood Bay wird es nichts Gutes bedeuten."

Ich lachte. "Da hast du wohl recht, aber das soll nicht unsere Sorge sein."

Riley nickte zustimmend. "Was kann ich euch Gutes tun?"

"Kuchen zu Mittag. Hast du doch gehört", gab ich zurück und grinste dabei breit. Dann deutete ich auf diesen Rübenkuchen, den Eliza und ich so gern mochten, und Riley packte ihn ein.

"Wollt ihr ein paar Sandwiches dazu?"

Ich nickte. "Das wäre super, dann haben wir noch was Richtiges zu essen. Sonst hab ich noch ein schlechtes Gewissen."

Riley lachte. "Ich glaube, so etwas wie ein schlechtes Gewissen findet bei dir nicht statt."

Da konnte ich ihr nicht widersprechen. Ich nahm die Tüten von Riley entgegen und legte dann einen Arm um Elizas Schulter, während wir zurück nach Hause schlenderten.

"Wer war diese Frau, Daddy?", fragte Eliza.

Ich lächelte sie an. "Eine, die eine Weile für den Bürgermeister arbeitet."

"Ich will auch mal für den Bürgermeister arbeiten."

Das ließ mich auflachen. "Nein, Schätzchen, das willst du nicht. Sonst wirst du so wütend und verbittert wie Olivia."

"Was heißt verbittert?", fragte Eliza und musterte mich nachdenklich.

Eine wirklich gute Frage, auf die ich keine kindgerechte Antwort hatte. Also streichelte ich ihr über die seidenweichen Haare und sagte: "Dass man zum Mittagessen keinen Kuchen mehr bekommt."

Elizas Augen weiteten sich schockiert, ehe sie antwortete: "Dann werd ich vielleicht Schulbusfahrerin wie Mrs. L. Mrs. L isst den ganzen Tag Süßigkeiten."

"Tut sie das?"

Eliza nickte. "Ich habe ihr heute früh eines meiner Bonbons gegeben, damit sie das Lied von Paw Patrol spielt."

Ich lachte. "Mrs. L lässt sich immer noch bestechen?"

Eliza nickte. "Ja, und in letzter Zeit ist sie ziemlich günstig."

Das ließ mich auflachen, bis wir beim Hintereingang des Pubs ankamen und ich die Tür zur Treppe, die zu unserer Wohnung führte, aufsperrte.

Gemeinsam gingen wir nach oben und deckten den Tisch. Ein Ritual, das ich sehr gerne mochte.

Wir beide zusammen als Team. Sie und Ethel, mehr brauchte ich nicht in meinem Leben.

Was ich ganz bestimmt nicht brauchte, war eine Frau – und schon gar keine Touristin, die hier nach Pinewood Bay kam, um unser aller Leben zu verändern. Ich brauchte keine Tussi, die hier ein paar Wochen alles auf den Kopf stellte und dann wieder verschwand, als wäre sie nie hier gewesen.

Keine Frau wie Elizas Mutter, die sich in mein Herz schlich und dann schneller wieder abhaute, als ich schauen konnte. Keine, die mich mit einem Haufen Ärger zurückließ.

Nicht, dass ich Eliza als Ärger bezeichnen würde. Um Gottes willen, sie war das Beste in meinem Leben. Aber sie hatte mich schon vor einige Herausforderungen gestellt, und ohne meine Grandma wäre es niemals möglich gewesen, das Pub und Eliza unter einen Hut zu bekommen.

Noch mal würde ich den Fehler mit einer Frau, die nicht hier geboren war, ganz bestimmt nicht machen.

Dass es bedeutete, dass ich wohl nie wieder eine Frau in meinem Leben haben würde, war mir durchaus klar, denn Pinewood Bay hatte nicht genügend heiratsfähige Frauen in meinem Alter, die ich dann auch noch annähernd attraktiv oder interessant genug fand, um mir mehr mit ihnen vorstellen zu können.

Natürlich gab es hier Frauen wie Riley oder Alexandra oder Mary-Ann. Schöne, intelligente Frauen mit einem eigenen Geschäft oder einer Passion, für die sie lebten.

Aber irgendwie funkte es einfach nicht zwischen uns. Bei mir funkte es ausschließlich mit Frauen, die nur kurz in meinem Leben sein würden. Frauen wie Olivia Miller.

Ich wollte es nicht zugeben, aber etwas an ihr reizte mich bis aufs Blut. Es war nicht nur das Bedürfnis, sie zu necken und mit ihr zu flirten, um sie aus der Fassung zu bringen, sondern es war etwas mehr.

Sie ging mir unter die Haut mit ihren Wangen, die sich immer so herrlich rosa färbten, wenn sie wütend wurde. Mit ihren schlanken Beinen, die in diesen lächerlich hohen Absätzen zugegebenermaßen unfassbar gut aussahen. Ihre weichen blonden Haare, die ihr in diesen affigen Beachwellen auf die schmalen Schultern fielen. Es waren diese strahlend blauen Augen mit diesen übertrieben langen Wimpern, die mich immer so fragend musterten, als wäre ich ein Rätsel und nicht sie.

Und genau deshalb musste ich mich so weit wie möglich von ihr fernhalten. Ich konnte sie nicht mehr in mein Leben lassen, weil sie eine der wenigen Frauen war, die mir wirklich gefährlich werden konnte.

Ich hatte mir schon einmal gehörig die Finger verbrannt und ich würde es ganz bestimmt kein weiteres Mal tun. Ich hatte eine Familie und ein Pub, um die ich mich kümmern musste. Da war kein Platz für eine Frau, die alles nur durcheinanderbringen würde.

OLIVIA

Ich hatte im Rathaus an diesem Nachmittag Aubrey Bishop kennengelernt. Sie war die Bibliothekarin der Stadt und eine unglaublich gebildete Frau. Wir hatten uns schnell in tolle Gespräche über Bücher der aktuellen Zeit und über Klassiker wie "Vom Winde verweht" unterhalten.

Wo hatte sich diese intelligente und vielschichtige Frau die letzten Tage in Pinewood Bay versteckt?

Ich hätte jemanden wie sie gebraucht, jemanden, der einen Lichtblick in meinen tristen Arbeitsalltag brachte.

Die Gespräche mit ihr waren so interessant, dass ich auch über meine Arbeitszeit hinaus mit ihr sprechen wollte, was schließlich dazu geführt hatte, dass Aubrey mich ins Pub eingeladen hatte.

Jesses Pub.

Ich wollte aber nicht die Zicke sein, die etwas gegen einen der wenigen Orte in dieser Stadt hatte, an dem man abends noch etwas zu essen bekam. Also hatte ich zugestimmt und hatte mich zusammen mit Aubrey auf den Weg ins Brown's Pub aufgemacht. Gott sei Dank hatte sie nicht darauf bestanden, am Tresen zu essen, denn ich wollte nicht ganz so nah bei Jesse sein, wenn es möglich war.

Die Begegnung vom Vormittag hing mir noch viel zu sehr nach. Vor allem die Art, wie er seine Hand in der seiner Tochter gehabt hatte, während er tatsächlich wieder versucht hatte, mit mir zu flirten.

Wie konnte er nur? Er hatte eine Familie. Hatte er denn gar kein Rückgrat?

"Ich würde es auf jeden Fall wahnsinnig toll finden, wenn wir die Bibliothek in die Kampagne für das Gründerfest einbringen könnten", sagte Aubrey in diesem Moment, und ich lächelte sie warm an.

"Natürlich. Sie ist wunderschön und muss definitiv einen Platz in der Kampagne finden."

Aubrey nickte und grinste zufrieden. "Hast du den Leuchtturm schon gesehen? Ich finde, als kleines Wahrzeichen der Stadt sollten wir den auch betonen."

Es gefiel mir, dass sie von "wir" sprach, und es gab mir das Gefühl, endlich etwas vorwärtszubringen im Gegensatz zu der Arbeit mit dem Bürgermeister und Amanda, die am laufenden Band nur Cupcakes fraß.

"Erzähl mir mehr davon", sagte ich und lächelte sie aufmunternd an.

Nach ihrer Beschreibung konnte ich mir den Leuchtturm bildlich vorstellen und dieses große Bauwerk an der Küste von Pinewood Bay, an dem sich seit Jahrhunderten Liebende heimlich trafen und Küsse austauschten, würde definitiv Teil meiner Kampagne werden.

Noch bevor wir weiter darüber sprechen konnten, öffnete sich die Tür zum Pub ein weiteres Mal. Eine mir bislang ebenfalls unbekannte junge Frau in unserem Alter kam herein und sah ziemlich niedergeschlagen aus.

"Mary-Ann!", rief Aubrey und winkte ihr zu.

Ein trauriges Lächeln zuckte an Mary-Anns Mundwinkel, dann schlurfte sie irgendwie deprimiert zu unserem Tisch herüber und ließ sich neben Aubrey auf den Stuhl fallen.

"O weh, du siehst ja gar nicht gut aus", sagte Aubrey und musterte die Frau neben sich.

Mary-Ann nickte, dann erst schien sie mich zu

bemerken und versuchte es mit einem Lächeln in meine Richtung, ehe sie die Hand ausstreckte. Ich nahm sie entgegen und schüttelte sie.

"Hallo, ich bin Mary-Ann Appleberry", sagte sie.

"Olivia Miller. Ich bin die Praktikantin des Bürgermeisters."

Mary-Ann nickte. "Ich weiß, Süße. Du bist bekannt wie ein bunter Hund."

Ich zog die Nase kraus, unsicher, ob mir das gefiel. "Ist das positiv oder negativ?"

Aubrey lachte. "In deinem Fall positiv. In dem Fall Mister Fischers neue Freundin negativ."

Nun lachten wir alle drei, und es freute mich, dass ich nicht die Einzige war, die eine Abneigung gegen die Barbie hatte.

"Was ist denn passiert?", fragte Aubrey an Mary-Ann gewandt.

"Ach, ich war auf dieser Auktion, und ich konnte nur ein Pferd frei kaufen, weil mir einfach das Budget gefehlt hat."

"Was für eine Auktion?", hakte ich neugierig nach.

"Im Nachbarort gibt es einen Viehmarkt. Dort finden regelmäßig Auktionen von Rindern, Pferden und so weiter statt. Manche sind in einem super Zustand, andere sind alt oder krank, werden von miesen Besitzern dort abgeschoben, weil sie so auch noch was verdienen. Natürlich kauft niemand solche Pferde als Reittier, aber es sind immer sogenannte *Kill-Buyer* vor Ort. Manchmal haben selbst gesunde Tiere Pech – die geben auch mehr Fleisch her als die dünnen, kranken."

"*Kill-Buyer*? Ich dachte, Pferdeschlachtung ist in den USA verboten?!", murmelte ich schockiert.

Mary-Ann nickte bedrückt. "Aber nicht in Mexiko oder Kanada, sie kommen auf den Transporter … Es ist unfassbar traurig."

"Das ist es wirklich, es ist grauenvoll", antwortete ich und sah bedrückt zu Mary-Ann.

Diese nickte. "Und es ist jedes Mal so schwierig zu entscheiden, wer leben darf und wer sterben muss, weil ich nicht allen helfen kann."

"O mein Gott", stieß ich aus und presste mir eine Hand aufs Herz. "Gibt es keine Möglichkeit, Spenden zu sammeln?"

Mary-Ann zückte ihr Handy und rief eine Website auf. "Auf meiner Seite gibt es einen Spendenbutton. Es ist wirklich schwer, das Projekt am Laufen zu halten."

Da kam mir eine Idee. "Was hältst du davon, wenn wir beim Gründerfest Ponyreiten anbieten? Du könntest den Erlös dann für dein Herzprojekt nehmen."

Ein Lächeln zuckte an Mary-Anns Mundwinkel.

"Meinst du wirklich, das geht?"

Ich nickte. "Ich bin mir sicher. Kleine Mädchen wollen doch immer Ponyreiten, und dafür sind die Eltern gern bereit zu spenden. Wenn das Ganze dann noch für einen guten Zweck ist – was will man mehr?"

Das Lächeln auf Mary-Anns Gesicht wurde breiter. "Das ist eine wundervolle Idee, Olivia. Und du meinst, wir bekommen das in der Kampagne durch?"

Ich winkte ab. "Lass das mal meine Sorge sein. Der Bürgermeister ist mir nach all den Cupcakes wirklich etwas schuldig."

Nun lachten wir alle drei und vertieften uns dann in weitere Gespräche über die Kampagne und über die Bibliothek als Wahrzeichen der Stadt genauso wie der Leuchtturm und natürlich über das Ponyreiten. Wie sich das Ganze organisieren ließ und wie wir noch Helfer für Mary-Ann bekamen, damit wir die Ponys auch regelmäßig austauschen konnten, damit keines von ihnen zu viel arbeiten musste.

Das hier nannte ich einen produktiven Abend. Produktiver, als es die letzten Tage mit dem Bürgermeister gewesen waren. Und ich freute mich, dass endlich etwas voranging.

Ich machte mir fleißig Notizen und ließ mir von Aubrey und Mary-Ann Standorte und Fotos zu verschiedenen Wahrzeichen schicken. Wir arbeiteten Hand in Hand, und ich war den beiden einfach unglaublich dankbar. Nicht nur dafür, dass sie mir bei der Kampagne halfen, sondern auch dafür, dass sie mir das Gefühl gaben, ein klein wenig in dieser Gemeinschaft aufgenommen zu werden. Dass jemand da war, der mich nicht die ganze Zeit aufzog, wie Jesse es tat, oder mich herumkommandierte wie Mr. Fischers Tussnelda. Es war ein wirklich schöner Abend, und sogar Jesse schaffte es ein Mal, mich in Ruhe zu lassen. Vielleicht lag es aber auch daran, dass ich Unterstützung von diesen beiden Ladys hatte. Ich wusste es nicht, aber ich genoss diesen Abend, der mir endlich ein kleines bisschen Perspektive gab.

## JESSE

Ich musste mich wirklich anstrengen, um den Gesprächen von Livi, Aubrey und Mary-Ann zu folgen. Aber es waren verdammt gute Ideen, und vor allem die Idee von Livi für das Ponyreiten, um Mary-Anns Projekt zu unterstützen, hatte mir besonders gut gefallen. Es hatte dafür gesorgt, dass ich zum ersten Mal etwas mehr als Begierde für Livi empfand.

Da war ein kleines bisschen Sympathie ihr gegenüber und der Gedanke, dass sie vielleicht doch nicht nur eine ganz furchtbare Großstadttussi war, sondern dass vielleicht mehr in ihr stecken konnte. Dass sie vielleicht wirklich eine nette Person war und nicht nur nach außen aufgesetzt so tat. Dieser Gedanke gefiel mir nicht, denn ich wollte keine Sympathie für Livi empfinden. Ich wollte kein Begehren für sie empfinden.

Eigentlich wollte ich gar nichts für sie empfinden außer Wut und vielleicht noch Abscheu. Auf jeden Fall nichts Positives, und dass die Positiv-Liste immer größer wurde, während das Kontra abnahm, kotzte mich ziemlich an.

Deswegen versuchte ich sie zu ignorieren, was gar nicht so einfach war, wenn sie dort saß und so aus vollem Herzen lachte. Ein Lachen, das ich zuvor noch nie von ihr gehört hatte, das mir aber durch Mark und Bein ging und mein Herz schneller schlagen ließ. Genauso wie das Funkeln ihrer Augen und das vorsichtige Lächeln, das sie mir schenkte, wenn ich ihr eines ihrer ekelhaften stillen Wasser vor die Nase setzte, ohne sie damit aufzuziehen.

Es war fast schon dankbar, und das störte mich noch mehr, denn ich wollte nicht, dass sie mir dankbar war.

Ich wollte, dass sie mich genauso ätzend fand wie ich sie, damit zwischen uns niemals mehr sein würde als dieses Knistern, was da nicht sein sollte.

Und weil mir all das so verdammt schwerfiel, versuchte ich – je später der Abend wurde – umso mehr auszublenden, was die drei dort drüben an Tisch zwei ausheckten. Ich versuchte mich auf meine anderen Gäste zu konzentrieren und meinen Stammgästen regelmäßig ihre Getränke zu bringen und sogar das ein oder andere Gespräch anzunehmen, das ich sonst so gern vermied.

Zum Beispiel mit George Wellington, der ein weiteres Mal über seine Hexen philosophierte. Etwas, das ich schon vor zehn Jahren nicht mehr hatte hören können. Aber er wurde einfach nicht müde zu betonen, dass Pinewood Bay genauso gut war wie Salem und wir damit mehr Werbung machen mussten.

An jedem anderen Tag hätte ich ihn mit seinem Anliegen wohl zu Livi geschickt, einfach nur, um sie ein klein wenig zu quälen. Aber die drei Mädels schienen so viel Spaß zu haben, ich wollte keinem von ihnen den Abend verderben. Allen voran nicht Mary-Ann, die vorhin noch so todtraurig gewirkt hatte und nun über das ganze Gesicht strahlte, weil sie eine Perspektive hatte.

Eine Idee, die sie dank Livi hatte und die sie wohl dank Livi auch umsetzen können würde. Denn so wie ich Olivia in den letzten Tagen kennengelernt hatte, war sie niemand, der schnell klein beigab, und jemand, der für seine Visionen kämpfte.

All dieses Positive wollte ich nicht sehen.

Also ging ich nach hinten und half meinem Koch in der Küche in der Hoffnung, dass die drei Grazien so bald wie möglich verschwanden und ich wieder in Ruhe meinen negativen Gedanken gegenüber Livi nachhängen konnte.

Wann zum Teufel hatte ich überhaupt angefangen, sie innerlich Livi zu nennen? Sie war Olivia Miller, die kleine Schnepfe aus Portland. Die Frau, die mein Leben zur Hölle machte – wie alle Frauen aus Portland. Das war sie für mich und mehr sicher nicht!

# KAPITEL 5

OLIVIA

Lustlos schlenderte ich durch den Park, als ich an diesem späten Nachmittag von meiner Arbeit ins Hotel ging.

Ich hatte keine Lust, schon wieder allein auf meinem Hotelzimmer zu sitzen, weswegen ich mir die Zeit im Park vertrieb. Hier draußen konnte ich mir zumindest einbilden, dass ich nach all der Zeit in Pinewood Bay ein Teil der Gemeinschaft geworden war.

Bei der Arbeit war es definitiv nicht so. Dort stieg ich mehr und mehr zum Kaffeemädchen ab, das die ganze Zeit in Rileys Bäckerei geschickt wurde, um irgendwelche Cupcakes zu holen.

Es war zum Kotzen, und ich musste zugeben, dass mein so mühsam antrainierter Optimismus dank der Freundin des Bürgermeisters ganz langsam ins Bröckeln geriet.

Ich hasste sie.

Dabei wollte ich keine Menschen hassen. Ich wollte positiv sein und jedem eine Chance geben und jeden so nehmen, wie er war. Das war doch alles, was ich mir in meinem Leben so mühsam erarbeitet hatte. Keine Vorurteile. In jedem das Gute sehen.

Aber in Amanda? In ihr gab es wirklich nichts für die Pro-Liste – außer ihr Aussehen. Sie war wirklich wunderschön. Mehr aber auch nicht. Und sie ging mir verdammt noch mal auf die Nerven.

Amanda war der einzige Mensch in meinem Leben, der es wirklich schaffte, nur das Schlechteste in mir hervorzuholen.

Dabei wollte ich so nicht sein, aber ich konnte einfach nicht anders. Sie schaffte es irgendwie, in mir den Wunsch zu wecken, ihr hübsches Köpfchen gegen die nächste Wand zu klatschen.

Seufzend ließ ich mich auf eine Parkbank fallen und den Kopf zwischen den Schultern hängen. Mein Gott war mein Leben erbärmlich. Und das, obwohl ich theoretisch den schönsten Job aller Zeiten hätte haben sollen.

Da runzelte ich die Stirn, als sich etwas in meinem Augenwinkel bewegte. Ich sah genauer hin und entdeckte ein winzig kleines Nagetier.

War es eine Maus?

Nein, irgendwie etwas anders. Vielleicht mehr eine Art Eichhörnchen?

Ich wusste es nicht, aber es wirkte definitiv nicht, als wäre es überlebensfähig. Ich blickte mich einmal im Park um, doch von einem Muttertier von … was auch immer das war, war weit und breit nichts zu sehen. Es war eiskalt an diesem Tag, und dieses kleine Ding fing nun auch noch an, erbärmlich zu quietschen.

Ein Blick auf meine behandschuhten Hände sagte mir, dass diese wohl geschützt genug gegen Krankheiten oder Bisse waren. Also bückte ich mich und nahm es ganz vorsichtig mit beiden Händen nach oben, und erst als es dort so in meinen Handflächen saß und noch viel erbärmlicher aussah mit seinen winzigen Knopfaugen, fiel mir auf, dass ich überhaupt keine Ahnung hatte, wohin ich damit sollte.

Ich konnte es schließlich nicht einfach so mit ins Hotel nehmen. Ich wusste ja nicht einmal, was es war, geschweige denn was es aß oder wie man es halten musste. Und ich kannte auch niemanden, den ich danach fragen konnte.

Ich brauchte einen Tierarzt. Ein Tierarzt war genau das, was ich für dieses kleine Wesen tun konnte. Also lief ich los, und erst nach ungefähr zehn Schritten fiel mir auf, dass ich keine Ahnung hatte, wo in Pinewood Bay es einen Tierarzt gab oder an wen ich mich wenden konnte.

Aber die Richtung, in die ich gelaufen war, war mir vollkommen klar. Es war dieses eine Pub, zu dem es mich immer wieder zog. Und das lag nicht gerade am einladenden Interieur, sondern vielmehr an diesem griesgrämigen Pub-Besitzer, der mir einfach nicht aus dem Kopf ging, obwohl auch er in mir irgendwie nur die schlechtesten Gedanken hervorrief. Böse Gedanken … und Begierde zu einem Mann, den ich nicht begehren sollte.

Aber Jesse war gut vernetzt und wusste mit Sicherheit, wo ich zu einem Tierarzt kommen konnte. Also schloss ich die Hände vorsichtig um das kleine knopfäugige Wesen in meinen Händen und eilte die letzten Schritte zu Jesse Browns Pub über die Straße.

Mit der Schulter drückte ich die schwere Holztür auf und stürmte ins warme Innere. Das war gut, das war sicherlich gut, auch für dieses winzige Ding in meinen Händen.

So klein wie es war, musste es sicherlich bald ausgekühlt sein!

"Jesse? Jesse!", rief ich aufgeregt, als ich ihn nicht sofort hinter der Bar entdeckte. "Ich brauche Hilfe. Jesse!"

Die wenigen Kunden, die um diese frühe Abendstunde schon im Pub waren, sahen mich ein wenig verwirrt an, als hätte ich nicht mehr alle Latten am Zaun. Und wahrscheinlich hatten sie damit auch recht, denn wer sammelte irgendein Wildtier in einem Park auf und brachte es in ein Pub, in dem es etwas zu essen gab. Wie dämlich konnte man denn bitte sein?

"Livi? Was ist los?", fragte Jesse, der aus dem Hinterzimmer kam, sich die Hände an seinem obligatorischen Geschirrtuch abtrocknete, das er dann wieder auf diese sexy Art und Weise über seine Schulter warf.

"Ich brauche einen Tierarzt", sagte ich und eilte dann zum Tresen hinüber. Ich streckte ihm die Hände entgegen und öffnete sie ein ganz kleines Stück, damit mir das winzige Ding nicht aus den Fingern springen konnte. Wenn es vielleicht doch eine Maus war und Jesse dann noch Probleme mit dem Gesundheitsamt bekam, weil er Mäuse in seinem Pub hatte, würde er mir mit Sicherheit den Kopf abreißen.

Jesse runzelte sofort die Stirn. "Hm, das sieht noch nicht so gut aus", sagte er, drehte sich dann um und ging ohne ein weiteres Wort.

"Jesse, ich brauche einen Tierarzt, du musst mir helfen", rief ich ihm mit einer fast schon flehenden Stimme hinterher.

Er nickte, aber er kam nicht zurück und machte keine Anstalten, was mich ihn nervös verfolgen ließ. Dann nahm er das Telefon und wählte eine Nummer, und ich war mir sicher, dass er nun den Tierarzt rufen würde.

Gott sei Dank!

"Ethel, kannst du kommen? Wir haben hier ein Gleithörnchen-Baby", fragte er, und ich runzelte die Stirn. Ethel? War das der Tierarzt?

"Ja, kein Problem", antwortete er und legte schließlich auf. Dann ging er ohne ein weiteres Wort in den Hinterraum und kam kurze Zeit später mit einem winzigen Karton zurück.

"Hier, leg es hier rein."

"Wer ist Ethel?", fragte ich, kam seinen Aufforderungen aber nach. Ich zog mir die Handschuhe aus, damit das kleine Tierchen sich dort weiter hineinkuscheln konnte.

Jesse schien zufrieden damit und deckte das Ganze dann mit einem großen Tuch ab.

"Meine Grandma. Sie hat eine Auffangstation für Gleithörnchen. Sie kommt es abholen, damit sie es aufziehen kann."

"Deine Grandma?", fragte ich verwirrt, weil ich mir irgendwie nicht vorstellen konnte, dass Jesse eine Grandma hatte.

Er war der Typ einsamer Wolf. Obwohl … so einsam war er nicht, denn er hatte ja schließlich eine Frau und ein Kind. Aber eine Grandma hatte in mein Jesse-Weltbild bislang nicht gepasst.

"Ja, meine Grandma", sagte er grinsend. "Sie kommt es gleich abholen."

"Ein Gleithörnchen?", fragte ich dann und kam mir irgendwie dämlich vor.

Er nickte wieder und sein Lächeln wurde noch breiter, noch echter. Ein Lächeln, das mich ganz schön durch den Wind brachte und die Schmetterlinge in meinem Bauch verwirrt umherfliegen ließ.

Schmetterlinge, die da überhaupt nichts zu fliegen hatten. Sie sollten genauso wenig fliegen können wie dieses Gleithörnchen-Baby, das ich im Park gefunden hatte.

"Wissen Sie, Gleithörnchen sind die Wahrzeichen von Pinewood Bay", klärte George Wellington mich auf, der auf der anderen Seite des Tresens saß und mich zufrieden anlächelte. "Gut, dass Sie es gefunden haben. Ethel wird es retten", fuhr er dann fort, und es folgte ein Monolog über Gleithörnchen und wie sie lebten, wie sie sich vermehrten.

Alles Dinge, von denen ich im Moment nichts hören wollte. Ich konnte mich auf seine Ausführungen überhaupt nicht konzentrieren, denn mein Kopf war viel zu sehr damit beschäftigt, dass Jesse Brown eine Grandma hatte, die eine wohl bekannte Gleithörnchen-Auffangstation betrieb.

Der gleiche Jesse Brown, der mich sonst immer wie Scheiße behandelte, lächelte mich auf einmal an, als wäre ich durch meine Gleithörnchen-Rettung in seiner Gunst aufgestiegen. Und als wäre das Ganze noch nicht verwirrend genug, stellte er mir nur wenige Minuten später einen Tee vor die Nase.

"Bitte schön", sagte er, und ich runzelte die Stirn.

"Äh, danke?"

Er nickte. "Das ist die korrekte Bezahlung für Gleithörnchen-Rettungen", antwortete er und machte sich dann wieder daran, seinen Tresen auf Hochglanz zu polieren.

Noch bevor ich etwas antworten konnte, ging die Tür zum Pub auf und eine ältere Lady kam herein zusammen mit Jesses kleiner Tochter Eliza – was Sinn ergab, denn wenn Ethel Jesses Großmutter war, dann war Eliza schließlich ihre Urenkelin. Und damit waren die beiden mit Sicherheit viel zusammen unterwegs.

"Na, wo haben wir denn den kleinen Bruchpilot?",

murmelte Ethel, stampfte sich die Füße ab und kam dann herüber zum Tresen. Jesse deutete mit seinem markanten Kinn auf den kleinen Karton, den er an den Rand des Tresens geschoben gehabt hatte.

Seine Grandma ging hinüber und sah hinein, dann nickte sie. "Ja, der Kleine braucht definitiv Hilfe."

"Lass mich sehen, Grandma", bat die kleine Eliza und kletterte auf einen der Barhocker. Sie beugte sich über den Karton und strahlte breit. "O ja, der kann noch nicht allein überleben."

"Das ist mein Mädchen", sagte Grandma Ethel und streichelte ihr sanft über die Wange. In diesem Moment kam Jesse ebenfalls zu den beiden hinüber, griff über den Tresen unter Elizas Achseln und zog die Kleine auf den Tresen. Dann gab er ihr einen Kuss.

"Na, was macht mein Mädchen heute?"

"Ich päppel zusammen mit Grandma die Gleithörnchen."

Jesse lächelte zufrieden und nickte. "Ich glaube, du machst gute Arbeit, oder?"

Die Kleine nickte ebenfalls. "Sehr gute Arbeit. Grandma hat gesagt, ohne mich würde sie all das nicht schaffen." Sie sah begeistert aus und strahlte ihren Daddy an.

"Oje, und dann drücke ich euch noch einen Bruchpiloten aufs Auge."

"Das war gut so, Daddy", sagte die Kleine, schlang ihre Arme um seinen Hals und schmiegte sich fest an ihn.

Jesse so mit dem kleinen Mädchen zu sehen, sorgte für einen Knoten in meinem Magen.

Ich sollte mich nicht so von ihm angezogen fühlen. Er hatte eine Familie, eine wundervolle Familie, in die ich mich ganz bestimmt nicht hineindrängen sollte. Also nicht, dass ich das vorgehabt hätte, aber es fiel mir schwer, zu ignorieren, wie verdammt gut aussehend Jesse war und was er mit diesen irrsinnigen Viechern in meinem Bauch anstellen konnte, ohne sich auch nur ein klein wenig dafür anzustrengen.

"Na komm, Mäuschen, dann lass uns diesen kleinen Mann mal nach Hause bringen, damit wir gucken können, ob ihm auch ja nichts fehlt."

Ethel bettete das Gleithörnchen-Baby in einer Art Transporttasche, die stark danach aussah, dass sie thermoisoliert war. Dann verabschiedete sie sich von Jesse und auch Eliza sprang nach einem Kuss auf seine Wange vom Tresen, und die beiden gingen zurück nach draußen.

Am liebsten wäre ich ihnen gefolgt, um zuzusehen, wie es mit meinem Findelkind weiterging, doch ich zwang mich, einfach sitzen zu bleiben und einen Schluck von meinem Tee zu nehmen.

# JESSE

Lächelnd sah ich Ethel und Eliza hinterher. Ich war ein verdammter Glückspilz und ich sollte mir das definitiv öfter selbst sagen.

"Puh, da bin ich aber froh, dass ich das kleine Gleithörnchen retten konnte", sagte Livi und riss mich damit aus meiner Betrachtung.

Ich schüttelte meine Gedanken ab und wandte mich ihr zu. "Ja, du hast alles richtig gemacht. Ethel wird den Kleinen schon wieder auf die Beine bekommen."

Ich begann, den Tresen abzuwischen, obwohl kein einziges Staubkorn darauf war – einfach nur, um mich davon abzulenken, dass ich Livi in den letzten Tagen und Wochen lieber gewonnen hatte, als es sein sollte.

"Du hast wirklich eine tolle Grandma", sagte Livi und nippte an ihrem Tee.

Ich hätte ihr gern eine heiße Schokolade gemacht wie für Mrs. L, aber bei ihren sonstigen Essgewohnheiten war ich mir ziemlich sicher, dass sie diese nicht trinken würde.

Ich nickte. "Ja, Ethel ist toll, und ohne sie würde ich das alles auch nicht hinbekommen."

"Was alles?", fragte Livi neugierig und legte den Kopf schief.

"Das Pub und Eliza."

"Warum?", hakte sie nach, und aus einem mir unbegreiflichen Grund hatte ich das Bedürfnis, ihr alles anzuvertrauen.

Also sagte ich: "Ethel passt ziemlich viel auf Eliza auf. Gerade abends, wenn ich hier im Pub bin, muss die kleine Maus so nicht allein zu Hause sein."

Neugierig musterte Olivia mich, und ich wusste genau, was in ihrem Kopf vor sich ging. Aber ich wollte ihr nicht helfen. Wenn die Neugier sie so sehr plagte, dann musste sie ihre Fragen schon aussprechen.

Es dauerte genau fünfzehn Sekunden, dann platzte es aus ihr heraus. "Und was ist mit ihrer Mutter?"

Ich suchte ihren Blick, traf auf ihre blauen Augen und verlor mich ein weiteres Mal darin. "Die ist weg. Schon kurz nach ihrer Geburt."

Ich sah den Schock in Olivias Blick, und das war gut so. Also drehte ich mich um und kümmerte mich um einen weiteren Whiskey für George.

Warum es mir wichtig war, was Olivia von mir dachte, wusste ich nicht. Oder … eigentlich wusste ich es schon, aber ich wollte es nicht wissen, denn ich wollte sie nicht mögen … diese Großstadttussi, die hierherkam, um mein Leben umzukrempeln.

Verdammt, das hatte ich doch alles schon einmal hinter mir.

Genervt knallte ich das Whiskey-Glas vor George auf den Tresen. "Immer langsam", sagte dieser.

"Ich … Das wusste ich alles nicht", murmelte Olivia, als ich zurück auf ihre Tresenseite kam.

Ich winkte ab. "Das musst du ja auch nicht wissen."

"Ja, aber … ich hätte nicht so vorschnell urteilen dürfen. Das … tut mir leid, Jesse … wirklich", antwortete sie dann und schob die leere Tasse von sich.

Das war eine gute Gelegenheit für mich, etwas zu tun zu haben. Also nahm ich die Tasse und ging zum Kaffeeautomaten, um ihr einen weiteren Tee rauszulassen.

Versöhnlich schob ich ihr die nächste Kräutermischung zu und lächelte sie an. "Es ist okay, wirklich. Die Leute urteilen immer."

Ich wusste nicht genau, was es war, aber plötzlich erstarrte sie. Sie gaffte mich aus weit aufgerissenen Augen an und ihre vollen rosa Lippen standen einen kleinen Spaltbreit dabei offen. Dieser intensive Blick, dieses Mustern brachte mich so aus dem Konzept, dass ich hektisch von links nach rechts sah, um irgendetwas zu finden, mit dem ich meine Hände beschäftigen konnte.

Irgendetwas, das nichts mit Livi zu tun hatte und dem Drang in mir, in ihre weichen blonden Haare zu greifen, sie über den Tresen zu ziehen und meine Lippen auf ihre zu drücken.

Meine Lippen hatten auf ihren ganz bestimmt nichts verloren. Also griff ich ein wenig planlos nach dem Zuckerstreuer und schob ihn ihr zu, obwohl sie den letzten Tee auch ohne Zucker getrunken hatte.

Als wäre das ihr Stichwort gewesen, klammerte sie sich an die Teetasse, als wäre diese ihr eigener Rettungsanker in dieser spannungsgeladenen Situation.

In diesem Moment rief mich einer der anderen Stammgäste zu sich, um eine Bestellung aufzugeben, und ich war nie im Leben glücklicher um eine Unterbrechung gewesen.

Schon nach wenigen Schritten von ihr weg konnte ich endlich wieder ausatmen.

Was machte diese Frau nur mit mir? Außer mich in den Wahnsinn zu treiben …

# OLIVIA

Dieses Lächeln, das Jesse mir zusammen mit der zweiten Portion Tee geschenkt hatte, hatte mir wirklich den Boden unter den Füßen weggezogen. Hätte ich meinen kleinen Arsch nicht sowieso schon auf einem der unbequemen Barhocker geparkt gehabt, wäre ich wohl zu Boden gegangen.

O Mann! Dieses Lächeln war einfach nur wow! Ein Herzensbrecher-Lächeln. Ein Lächeln, das Frauenhöschen feucht werden ließ und das zu einem dieser Boyband-Typen gehörte, für die junge Mädchen reihenweise in der ersten Konzertreihe umkippten.

Es war ein verboten heißes Lächeln, ein echtes Jesse-Brown-Lächeln, das mich völlig um den Verstand brachte. Und deshalb saß ich hier wie eine behämmerte Pute und starrte ihm hinterher, als wäre er das siebte Weltwunder.

Ich fühlte mich dumm, und das nicht nur, weil Jesse Browns Lächeln mich geradezu hatte erstarren lassen, sondern auch wegen all der Vorurteile, die ich ihm gegenüber gehabt hatte.

Warum zum Teufel hatte ich nicht ein Mal nachgefragt, was es mit Eliza auf sich hatte, anstatt Jesse die ganze Zeit schwach von der Seite anzureden, nur weil ich angenommen hatte, dass er eine Frau hatte? Dabei gab es doch unzählige alleinerziehende Väter.

Jesse schien seine Arbeit mit seiner Tochter wirklich gut zu machen. Sie war ein süßes, höfliches, wohlerzogenes kleines Ding, und seine Grandma … bezaubernd – wirklich.

Und ich?

Dumm! Dumm und naiv und vorurteilsbehaftet. Ich war der typische Großstädter, der nie nachfragte, sondern immer urteilte. Ich war genauso wie die Menschen, die ich eigentlich nicht leiden konnte. Und da drüber konnte noch nicht einmal mein unerschütterlicher Optimismus mir hinweghelfen.

*Verdammt!*

Es tat mir so unfassbar leid, und ich schämte mich ein Stück weit vor Jesse. Aber noch schlimmer war, dass sein Lächeln mich so vollkommen aus dem Konzept brachte.

Es sorgte für ein absolut unangebrachtes Kribbeln in meinem Bauch, das dort nicht hingehörte – auch wenn es jetzt zumindest dort sein durfte, weil Jesse ja kein vergebener und glücklicher Familienvater war. Aber dennoch: Er wollte nichts von mir, und ich war doch hier, um einen Job zu machen und nicht, um mich in den Barbesitzer zu verknallen.

Mir war das alles so unfassbar peinlich und ich wollte einfach nur noch hier weg. Also nahm ich den Tee und trank ihn in wenigen Zügen aus. Viel zu wenigen, denn er war verdammt heiß und ich verbrannte mir die Zunge. Aber das war es mir wert. Ich wollte hier weg – jetzt sofort!

Ich stellte die Tasse ab, griff nach meinem Mantel und ging, ohne ein Wort zu sagen, so schnell mich meine Füße trugen, aus dem Pub.

Wie ich das morgen erklären würde, konnte ich dann immer noch überlegen. Aber jetzt musste ich erst einmal hier weg.

Verwirrt zog ich meinen Mantel im Gehen an und mied die Blicke der anderen Gäste, deren ich mir durchaus bewusst war. Wahrscheinlich hatten sie alles mitbekommen und ich dumme Gans würde am nächsten Tag das Stadtgespräch sein.

Diesmal nicht im positiven Sinne, wie Mary-Ann und Aubrey mir versichert hatten. Nein, diesmal hatte ich alle Klischees erfüllt und würde die Quittung dafür mit dem Dorfklatsch serviert bekommen.

*Verdammt!*

## JESSE

Fassungslos sah ich ihr nach, wie sie fluchtartig mein Pub verließ.

Was zum Teufel sie da geritten hatte, wusste ich nicht. Ich warf mir das Geschirrhandtuch über die Schulter und schlenderte zurück zu ihrem Platz, um ihre Tasse in die Küche zu bringen. Da entdeckte ich ihr Handy, das noch auf dem Tresen lag.

"Fuck!", murmelte ich, schnappte es mir und eilte um den Tresen herum.

Ich würde es ihr hinterhertragen, einfach nur, weil ich so ein guter Mensch war, und nicht, weil ich sie fragen wollte, warum sie so fluchtartig den Raum verlassen hatte.

Mit großen Schritten durchquerte ich den Raum und riss dann die Tür zur Straße auf. Ich wollte gerade hinaus auf den Bürgersteig treten, da prallte ich gegen jemanden.

Gegen sie: Livi.

Ich erkannte sie sofort an diesem süßen Geruch nach Vanille und Sommerblumen, der sie stets zu umgeben schien, und es war, als würde mein Körper auf ihren reagieren.

Alles in mir kribbelte auf eine angenehme … und unangebrachte Art und Weise.

Ich suchte ihren Blick aus den strahlend blauen Augen, wollte ihr sagen, dass sie ihr Handy vergessen hatte. Doch als mein Blick auf ihren traf, verlor ich all die Worte, die ich mir so sorgfältig zurechtgelegt hatte. Ich konnte nichts anderes tun, als fasziniert das Funkeln in ihren blauen Augen zu betrachten, die umgeben waren von dichten, dunklen Wimpern. Sie sah ein wenig aus wie ein Reh im Scheinwerferlicht mit den vollen Lippen, die einen Spaltbreit offen standen. Sie waren rosa, genauso wie ihre Wangen. Wahrscheinlich von der Kälte.

Sie war mir so nah, und die Luft zwischen uns schien Funken zu sprühen, als wäre sie elektrisch aufgeladen, und etwas zwischen uns reagierte chemisch aufeinander. Schaffte eine Anziehung, der ich mich kaum widersetzen konnte.

Fast schon magisch beugte sich mein Oberkörper nach vorn, brachte meine Lippen immer näher an ihre, die so verführerisch glänzten in dem schwachen Licht der Laterne, die über dem Eingang des Pubs hing.

Ich wollte sie küssen. Ich wollte nur ein einziges Mal spüren, wie es sich anfühlte, ihre Lippen auf meinen. Nur ein einziges Mal wollte ich wissen, wie sie schmeckte und wie sie sich in meinen Armen anfühlen würde.

Ich leckte mir über die Lippen und schluckte trocken, während ich die Zentimeter zwischen uns immer weiter überbrückte. Dann schob ich meine Hand ganz selbstverständlich in ihren Nacken, zog sie ein klein wenig näher zu mir, bis die Spannung zwischen uns kaum noch zu ertragen war.

Sie wehrte sich nicht. Im Gegenteil, sie schmiegte sich an mich, und ich konnte ein Stöhnen fast nicht mehr unterdrücken, so gut fühlten sich ihre weichen Rundungen an meinem harten Körper an.

Dann schloss ich die Lücke zwischen uns, presste meine Lippen auf ihre, genoss das Kribbeln, das durch meinen ganzen Körper jagte. Ich bewegte meinen Mund auf ihrem, kostete jede Millisekunde aus, leckte mit meiner Zunge über den Spalt zwischen ihren Lippen, mochte die Süße des Tees darauf und die Art, wie ihr Körper auf meine Liebkosung reagierte. Ich mochte es, wie ihre kleinen Hände sich an meine Brust klammerten und ihr Mund sich für mich öffnete. Es fühlte sich so verdammt gut an, wie sie seufzte, als meine Zunge auf ihre traf.

Ich sah nichts um uns herum, ich hörte nichts, und ich spürte noch nicht einmal die Kälte, obwohl ich nur in meinem Hemd hier draußen stand.

In ihrer Nähe schien ich alles zu vergessen, ein ums andere Mal den Verstand zu verlieren und mich einfach nur auf sie fokussieren zu wollen.

Ich wollte mehr, ich wollte alles von ihr und jeden Zentimeter von ihr auskosten. Und dass ich das wollte, machte mir Angst.

Wirklich Angst!

## OLIVIA

Dieser Kuss fühlte sich atemberaubend an. Er traf etwas tief in mir, von dem ich noch nicht einmal gewusst hatte, dass es bislang unberührt geblieben war.

Jesse schaffte es, mich auf eine Art und Weise zu küssen, die mich völlig um den Verstand brachte. Seine Art, mich zu halten, fühlte sich so verdammt gut an, dass mein ganzer Körper weich und willenlos wurde.

Egal, was er mir in diesem Moment befehlen würde, ich würde es tun, da war ich mir sicher. Einfach nur, weil ich niemals genug davon bekommen würde, wie seine Finger sich in meinen Nacken bohrten. Wie seine Zunge meine Lippen teilte und mit mir spielte, als wäre ich ihm hörig.

Dass er all das in mir auslösen konnte nur mit einem einzigen Kuss, machte mir Angst. Es machte mir eine Scheißangst, die mir sagte, dass ich jetzt sofort meine Füße in die Hand nehmen sollte, um so schnell und so weit wie möglich von hier zu fliehen.

Genau das, was ich gerade schon vorgehabt hatte, bevor ich feststellen musste, dass ich mein Handy im Pub hatte liegen lassen. Mein Handy, das ich leider Gottes für die Arbeit benötigte.

Arbeit … ich war hier in Pinewood Bay, um meine Karriere voranzutreiben, und nicht, um mit Jesse Brown auf offener Straße herumzuknutschen.

Ich musste hier weg. Ich musste meine Gedanken und Gefühle sortieren und erst einmal mit mir selbst klarkommen, bevor ich darüber nachdenken konnte, was Jesse mit mir machte und was das für mich bedeutete.

Also raffte ich all meine Willenskraft zusammen, löste meinen Klammergriff aus seinem weichen Flanellhemd und schob ihn sanft von mir.

Ich wich seinem Blick aus, als seine Lippen sich von meinen lösten, und trat eilig einen Schritt zurück. Ich musste Abstand zwischen uns bringen, bevor ich mich ihm wieder an den Hals warf, denn das würde definitiv geschehen.

Jesse war für mich wie eine Droge, von der ich einfach nicht die Finger lassen konnte. Das wusste ich schon nach diesem einzigen Kuss. Eigentlich hatte ich das bereits geahnt nach diesem Lächeln, das er mir vorhin geschenkt hatte.

Es machte mir eine Scheiß-Heidenangst.

Eilig trat ich noch einen Schritt zurück. Ich wusste nicht, was da in mir vor sich ging, aber ich wusste, dass ich mich nicht Hals über Kopf in etwas stürzen dürfte, von dem ich noch nicht einmal begriff, was es für mich bedeutete.

Das hier war mehr als nur ein Kuss, das hier würde in rasender Geschwindigkeit zu etwas Großem werden.

War ich dafür bereit? War ich für Jesse Brown bereit? Diesen Mann mit der entzückenden kleinen Tochter und mit der großartigen Grandma, diesem Pub und seinem Standing in Pinewood Bay?

Denn das hatte ich in den letzten Wochen schnell herausgefunden. Jesse war eine Institution in dieser Kleinstadt. Er war eine Persönlichkeit, auf die die anderen Stadtbewohner hörten. Die von allen respektiert und geschätzt wurde.

Und ich? Ich war nur die kleine dumme Praktikantin des Bürgermeisters, die Cupcakes holen ging und eine Aufgabe hatte, die sie eigentlich nicht machen durfte.

Ich hatte im Vergleich zu Jesse nichts und das machte mir nur noch mehr Angst. Es schüchterte mich ein und sorgte dafür, dass ich ohne ein weiteres Wort zu sagen auf dem Absatz umdrehte und die Straße entlangeilte.

Zumindest einige wenige Schritte, dann fiel mir wieder auf, warum ich eigentlich umgekehrt war, und ich konnte nicht anders, als geschlagen zu seufzen, als ich mich noch einmal umdrehte, zu Jesse zurückging und ihm – ohne ihm in die Augen zu sehen – das Handy aus den starren Fingern nahm.

Dann floh ich erneut. Und zwar so schnell, wie mich meine Füße trugen, die Straße entlang in Richtung meines Hotels.

Es war nicht so, dass ich wirklich flüchten konnte, denn Jesse wusste, wo ich wohnte und wo er mich finden konnte.

Doch auch er würde mit Sicherheit einen Moment brauchen, um das, was zwischen uns geschehen war, zu verarbeiten.

Meine Lippen kribbelten, genauso wie mein ganzer Körper, während ich die kurze Strecke bis zum Hotel zurücklegte.

Ich stieß die Eingangstür auf und ging ohne ein Wort an Alexandra oder einen der Mitarbeiter die Stufen nach oben, bis ich in meinem Zimmer ankam und die Tür hinter mir zuwerfen konnte.

Schwer atmend lehnte ich mich mit dem Rücken dagegen und ließ mich dann ganz langsam nach unten sinken, bis ich auf dem Fußboden ankam.

Verdammte Scheiße! Was zum Teufel hatte dieser Mann nur mit mir gemacht?

## JESSE

Fassungslos starrte ich ihr hinterher. Sie hatte alles in mir einmal auf den Kopf gestellt und war dann davongerannt, als wäre ich der Teufel in Person.

*What the fuck!*

Hatte ich die Situation vielleicht völlig falsch eingeschätzt?

Ich wusste es nicht. Aber es war verdammt frustrierend, dass sie jetzt nicht da war, um das mit mir auszudiskutieren. Nicht, dass ich sonst unbedingt der mitteilsame Typ war, aber ich wollte wissen, was das zwischen uns war und wie ich damit umgehen sollte, denn ich war definitiv überfordert.

In diesem Moment ging die Tür in meinem Rücken auf und stieß mir mit Wucht in meine Rückseite. Ich taumelte einen Schritt nach vorn und sah verärgert über meine Schulter zurück.

Es war George Wellington – wer auch sonst? –, der mich da hinter seiner dicken Brille ansah.

"Also nachdem sie jetzt weg ist, meinst du, du kannst noch mal reinkommen und mir einen Whiskey geben?", fragte er, und mir wurde in diesem Moment bewusst, dass die Hälfte meiner Stammgäste vor dem Fenster rumlungerten und Olivia und mich dabei beobachtet hatten, wie wir uns geküsst hatten.

Verdammte Scheiße, diese nichtsnutzigen Spanner! Da würde der Buschfunk wieder ordentlich was zu vermelden haben.

Ich konnte nur hoffen, dass das wirre Durcheinander, das diese Leute gerne fabrizierten, wenn sie Klatsch und Tratsch verbreiteten, nicht unbedingt auch bei Olivia ankam. Ich wollte nicht, dass sie von dem Geplapper verschreckt wurde.

Kopfschüttelnd folgte ich George nach drinnen in das Pub, um ihm das gewünschte Getränk zu servieren, während meine Gedanken noch immer bei Olivia waren und diesem Kuss, der mir so vollkommen den Boden unter den Füßen weggezogen hatte.

Ich sollte nicht über diesen Kuss nachdenken – keine einzige Minute lang. Ich sollte nicht über Olivia nachdenken – keine einzige Sekunde lang. Denn Olivia stand für alles, was ich nicht wollte – nie wieder! Ich brauchte keine Frau aus der Großstadt, die mich um den Verstand küsste, nur um mich dann früher oder später allein mit all den Problemen sitzen zu lassen.

Ich wollte nicht schon wieder eine Großstadttussi, die hierherkam und mein Hinterwäldlerleben auf den Kopf stellte. Ich wollte eine bodenständige Frau aus Pinewood Bay, die genauso wie ich schon immer hier war, die wusste, worauf sie sich einließ und wie die Dinge in einer Kleinstadt so liefen.

Ich wollte keine Frau, bei der ich mir Gedanken darüber machen musste, was sie vom Buschfunk dachte. Sondern eine, die den Buschfunk aus dem FF kannte, die wusste, wem man glauben konnte und wem nicht und dass sich das alles mit der nächsten winzigen Katastrophe schon wieder auf jemand anderen bezog.

Ich wollte jemanden wie mich, der Teil von Pinewood Bay war, und ganz bestimmt nicht schon wieder eine Großstadttussi.

Meine Schultern sackten nach unten, als mir einmal mehr bewusst wurde, wie verdammt tief ich bereits in der Scheiße steckte.

# KAPITEL 6

JESSE

Drei Tage war es her, seit ich Livi geküsst hatte. Drei Tage, in denen sie nicht mehr im Pub aufgetaucht war, und das, obwohl sie sonst so regelmäßig nach Feierabend hier erschienen war.

Drei Tage, in denen ich Livi und ihre verdammt weichen Lippen einfach nicht vergessen konnte. Und das trieb mich wirklich in den Wahnsinn, denn ich wollte nichts von ihr.

Ich wollte mich nicht erneut in irgendeine Frau aus der Großstadt verlieben, die mein Leben dann vollkommen durcheinanderbrachte.

Ich wollte Livi nicht – verdammt! Ich wollte hier meine Arbeit in meinem Pub absolvieren, mich um Eliza kümmern und Ethel dafür dankbar sein, was sie alles für mich tat. Und das funktionierte nicht, wenn mein Kopf sich nonstop um Livi Miller drehte.

Genervt von mir selbst und meinen nicht enden wollenden Gedanken polierte ich die Gläser, die hinter der Bar standen, erneut.

Nicht, dass sie es nötig gehabt hätten, aber ich musste meinen Händen etwas zu tun geben, damit ich nicht mit selbigen nach meinem Handy griff, um dann Alexandra anzurufen, damit sie mir Livis Nummer gab.

Ich war mir ziemlich sicher, dass der gesamte Pinewood-Bay-Klatschverein schon von meinem Kuss mit Livi wusste. Nicht umsonst waren die Stammgäste schließlich wie kleine Kinder oder Hunde am Schaufenster gehangen und hatten nach draußen gestarrt. Allen voran George Wellington, die größte Klatschtante überhaupt.

Aber der Klatsch hatte sich ein kleines bisschen verringert, seit Daniel C. Lee nach Pinewood Bay gekommen war. Der Mixed-Marshall-Arts-Kämpfer war weltweit bekannt, und dass solch eine Persönlichkeit in Pinewood Bay auftauchte, sorgte für jede Menge Buschfunk auf allen Kanälen.

Ebenjener Daniel C. Lee lief gerade durch mein Pub und knallte auf seinem Weg mit einer mir unbekannten Frau zusammen.

Ich runzelte die Stirn und fühlte mich augenblicklich daran zurückerinnert, wie Livis Körper sich an meinem angefühlt hatte, wie sie gegen mich geprallt war und ich meine Arme danach um sie geschlungen hatte.

Es war genau so wie bei diesen beiden Fremden, ich konnte die Funken zwischen ihnen beiden quasi sprühen sehen.

So war es auch bei Livi und mir gewesen, und es nervte mich unfassbar, dass ich sie so sehr vermisste. Es frustrierte mich, dass ich wollte, dass sie ihren kleinen süßen Arsch hierher schwang, auf den viel zu hohen High Heels hier hereinstöckelte und dabei Abdrücke in meinem Traditionsparkett hinterließ.

Ich wollte, dass sie eben besagten Zuckerarsch auf einen meiner Barhocker schwang und diesen lächerlichen Salat bestellte, den ich mittlerweile aus der Hälfte aller Karten gestrichen hatte. Einfach nur, weil ich wollte, dass sie etwas Vernünftiges aß, bevor sie vom Fleisch fiel.

Ich wollte sie wiedersehen, ich wollte sie aufziehen und ärgern und mich insgeheim auch über den Bürgermeister ärgern, weil er Livi so auf die Palme brachte. Ich wollte die Geschichten ihres Arbeitstages hören, und ich wollte, dass sie hier saß und mit ihren süßen manikürten Fingern dieses lächerliche Wasserglas umklammerte.

Ich wollte all das, was mir sonst so sehr auf die Nerven ging, und vor allem wollte ich sie noch einmal küssen. Ich wollte sie noch einmal in meinen Armen spüren und noch einmal fühlen, wie es war, wenn ihre Lippen auf meine trafen. Dieses Kribbeln, das meinen ganzen Körper durchzuckte und mich so vollkommen in den Wahnsinn trieb. Genau so, wie Livi es tat.

Ich konnte es nicht fassen, dass ich sie so sehr vermisste. Diese Frau, die in meinem Leben gar nicht stattfinden sollte. Es war kaum zu glauben, dass ich all das für eine Frau empfand, die hier doch überhaupt nichts verloren hatte. Die nicht in mein Leben passte und von der ich überhaupt nichts wollen sollte.

Es war nicht zu fassen, dass Livi Miller mir fehlte. Und ganz egal, wie sehr ich versucht hatte, es zu leugnen: Es funktionierte einfach nicht.

Ich konnte nicht ohne Livi, und dieser Gedanke sorgte für einen riesigen, fetten Knoten in meinem Bauch. Denn ich wusste doch, wo all das enden würde. Ich wusste, dass es ein paar atemberaubende Wochen zusammen mit ihr sein würden, ehe es ihr hier in Pinewood Bay zu langweilig werden würde.

Nach kurzer Zeit würde sie anfangen, unleidig und nörgelnd zu werden, und würde mir damit auf die Nerven gehen. Wir würden anfangen, uns zu streiten, und uns schließlich trennen. Sie würde abhauen zurück in ihre fucking Großstadt, und ich würde zurückbleiben mit einem gebrochenen Herzen – und vielleicht sogar einem weiteren Kind bei meinem Glück.

Nicht, dass ich Eliza eine Sekunde meines Lebens missen wollen würde, aber dennoch wusste ich, wo all das hier hinführte. Ich hatte es doch schon einmal hinter mir, und Fehler waren im Allgemeinen nicht dazu gedacht, mehrfach gemacht zu werden, sondern um daraus zu lernen, schlauer zu sein und es das nächste Mal besser zu machen, anstatt sich wieder in das zuckersüße Stadtmädchen zu verknallen, das einem das Leben schließlich schwer machen würde.

"Du schaust aber ganz schön abwesend aus", sagte Mary-Ann und lächelte mich auf diese ultrageheimnisvolle … überhaupt nicht geheimnisvolle Art und Weise an.

Ich wusste, worauf sie anspielte, und ich hatte geahnt, dass es so kommen würde, und doch fiel es mir schwer, ein Seufzen zu unterdrücken.

"Ich sehe überhaupt nicht abwesend aus."

"O doch, tust du. Und ich weiß auch warum."

"O nein, tu ich nicht. Und du weißt überhaupt

nichts außer dem Klatsch und Tratsch. Hast du schon Daniel C. Lee dahinten gesehen?"

Mary-Ann schnaubte und winkte ab. "Der interessiert mich im Moment überhaupt nicht." Dennoch blickte sie über ihre Schulter zurück, und ich sah, dass sie ein Lächeln unterdrückte.

Natürlich war auch sie neugierig auf den Superstar. Ganz Pinewood Bay war vollkommen auf ihn fixiert. Und es war mir recht so, denn so hatten die Pinewood Bayer Ureinwohner etwas anderes zu tun, als sich auf mich und mein Liebesleben zu stürzen.

"Wie dem auch sei", sagte sie dann und winkte ab, schenkte mir wieder ihre ungeteilte Aufmerksamkeit. Ob ich das gut fand, wusste ich nicht. Besser gesagt, ich wusste, dass ich es nicht gut fand, denn ich wusste, worauf es hinauslief.

"Also, Jesse", sagte sie dann, und das Unheil nahm seinen Lauf.

"Mary-Ann, es gibt nichts zu besprechen."

"Natürlich gibt es etwas zu besprechen. Was ist das zwischen dir und Olivia Miller?"

"Es ist nichts zwischen mir und Olivia Miller, und das soll auch so bleiben."

Sie schnaubte. "Man hört anderes. George hat erzählt, er hat euch beide gesehen, wie ihr euch vor dem Pub geküsst habt."

Ich zuckte mit den Schultern und widmete mich dann wieder dem Polieren meiner Gläser. "Und auch wenn, siehst du sie hier irgendwo?"

"Nein", antwortete Mary-Ann und legte den Kopf neugierig schief. "Die Frage ist, warum ich sie hier nirgendwo sehe."

"Weil nicht mehr zwischen mir und ihr war als dieser eine ineinander gestolperte Kuss", antwortete ich und spielte das Ganze herunter.

Dass dieser Kuss mein Leben ganz gehörig auf den Kopf gestellt hatte, musste ich Mary-Ann ja nicht unbedingt auf die Nase binden.

"Na, hast du ihr denn gesagt, dass du gern mehr von ihr möchtest?"

"Ich möchte gar nicht mehr von ihr."

"Jesse!"

"Mary-Ann!", äffte ich sie nach und schwang mein Geschirrtuch auf meine Schulter. "Wir hatten das doch alles schon."

"Das ist nicht das Gleiche, und das weißt du. Du kannst nicht alle über einen Kamm scheren."

"Ich kann, und ich werde."

"Du solltest nicht, du bist unglücklich", sagte sie und beugte sich dabei über den Tresen und drückte mir ihren kleinen, spitzen Zeigefinger in die Brust. Ebenjener kleine Zeigefinger erinnerte mich an andere kleine Finger, die sich so unfassbar gut an meinem Körper angefühlt hatten.

Seufzend blickte ich von ihrer Hand auf in ihre blauen Augen. "Und wenn schon. Was soll ich denn machen?"

"Na, einfach mit offenen Karten spielen", antwortete Mary-Ann.

Ich zuckte mit den Schultern. "Ich kann sie wohl schlecht hier ins Pub einladen."

Mary-Ann schnaubte. "Du könntest sie mit zum Leuchtturm nehmen."

"Das ist doch nur eine Knutschstelle", antwortete ich und konnte mich gut an meine Dates damals in der Highschool dort erinnern.

Mary-Ann zuckte mit den Schultern. "Es hat Tradition, und sie hat den Leuchtturm bis heute noch nicht gesehen."

*Wie auch?*, dachte ich tief in mir, schließlich war sie entweder bei der Arbeit oder bei mir im Pub. Und dass sie hier eben nicht war, gefiel mir nicht.

Vielleicht hatte Mary-Ann sogar recht und ich sollte Livi einmal zum Leuchtturm bringen. Einfach nur, um ihr ein Wahrzeichen von Pinewood Bay zu zeigen, und vielleicht hatte sie dann irgendetwas anderes dort zu optimieren und konnte ihre kleine süße Stupsnase aus meinen Angelegenheiten raushalten.

Also zumindest solange diese Angelegenheiten mein Pub betrafen und nicht mich, denn von mir sollte sie sich nicht fernhalten. Oder eigentlich schon … oder auch nicht.

Ich war mir nicht so ganz sicher, was ich wollte oder was ich nicht wollte, aber ich konnte sie schließlich schlecht zum Leuchtturm einladen, wenn sie nicht hierherkam.

"Sie ist nicht da, ich kann sie nirgendwohin einladen", brummte ich und nahm dann mein Geschirrtuch, um den imaginären Schmutz von meinem blank polierten Tresen zu putzen.

"Du hättest die Möglichkeit, einfach einmal quer über den Park zu Alexandra ins Hotel zu gehen und Livi von dort aus einzuladen."

"Ich hab keine Zeit, ich muss arbeiten", sagte ich und bemühte mich damit, mir selbst eine Ausrede zu geben, denn um ehrlich zu sein, hatte ich den Gedanken, einfach ins Hotel zu gehen, nicht nur einmal gefasst.

Ich vermisste Livi, und ich wollte, dass sie wieder hier war. Ich wollte sie in meiner Nähe haben, ich wollte ihre Stimme hören und diese süße Art sehen, mit der sie ihre Nase krauszog, wenn ihr irgendeine meiner Aussagen nicht gefiel.

In diesem Moment griff Mary-Ann über den Tresen hinweg und hielt meine Hand in der putzenden Bewegung auf. Sie drückte sie sanft, bis ich den Blick aus ihren blauen Augen erwiderte.

"Mach schon, Jesse. Ich glaube, es würde dir guttun."

Ich seufzte. "Oder besonders schlecht."

Sie zuckte mit den Schultern. "Das wirst du nicht herausfinden, wenn du es nicht ausprobierst, hm?"

"Willst du mich verkuppeln, oder was?"

Mary-Ann lachte auf. "Ich denke, dir alter Griesgram würde eine Frau mit etwas mehr Lebenslust ganz guttun."

Ich schnaubte, aber die warme Fürsorge in Mary-Anns Stimme sorgte dafür, dass ich ernsthaft darüber nachdachte, ob ich vielleicht wirklich ein kleines bisschen verbittert war, seit Elizas Mom mich verlassen hatte.

Wahrscheinlich nicht nur vielleicht, sondern ziemlich sicher, aber es fiel mir schwer, über meinen eigenen Schatten zu springen. Ich hatte mich in meinem Leben zurechtgefunden, mochte die Kalkulierbarkeit und das Wissen, dass ich emotional mit der Frauenwelt fertig war.

Und dennoch … Livi könnte es wert sein, noch einmal diesen Wahnsinn zu riskieren.

Ich würde es tun, später auf jeden Fall.

# OLIVIA

Mittlerweile hatte ich fast so etwas wie einen Hass auf meine einst so geliebte Praktikumsstelle entwickelt.

Ich hasste den Bürgermeister und seine affige Freundin, und ich hasste es, dass in meinem Job so gar nicht das vorwärtsging, was ich mir vorgenommen hatte. Ich hasste es, dass ich am Abend allein auf meinem Hotelzimmer saß und diese blöden Kekse in mich hineinstopfte, die ich eigentlich gar nicht essen wollte.

Aber ich konnte nun mal nicht ins Pub gehen. Ich konnte Jesse nicht unter die Augen treten. Nicht, nachdem ich so über ihn hergefallen war und mich wie eine Ertrinkende an ihn geklammert hatte.

Es war mehr als nur peinlich, und dass ich ihn so sehr vermisste und noch einmal das spüren wollte, was er mich hatte spüren lassen, machte mich nur noch verrückter.

Es fiel mir jeden Tag so schwer, nicht ins Pub zu

gehen, sondern direkt ins Hotel und mich dort allein in meinem Hotelzimmer einzusperren.

Dass ich hier nur in ein T-Shirt und einen Slip gekleidet auf dem Bett saß und Supermarktkekse mampfte, machte mich noch armseliger.

Ich war armselig.

Ich war die Kaffeetante des Bürgermeisters und war dafür extra in diese Stadt gekommen. Nur, um meine Abende dann keksefressend wie das Krümelmonster auf einem Hotelbett zu verbringen. Armselig! Mehr als nur armselig!

Seufzend schob ich mir den nächsten Schoko-Cookie in den Mund. In meiner Armseligkeit auch noch meine Figur zu ruinieren, war wirklich der Gipfel des Eisbergs, aber was sollte ich schon tun?

Ich konnte schließlich schlecht einfach ins Pub gehen und so tun, als wäre all das nicht geschehen. Schon deshalb nicht, weil ich mit ziemlicher Sicherheit nonstop auf Jesses Lippen starren würde, die so ultraweich waren.

Und ich würde sie anstarren und mir vorstellen, wie ich sie wieder küsse. Wahrscheinlich würde ich sabbernd auf seinem blank polierten Tresen hängen und die Hände ausgestreckt nach ihm verharren lassen – nur in der Hoffnung, dass er zufällig nahe genug an mir vorbeiging, damit meine Fingerspitzen seinen

Körper berühren konnten, als wäre er ein Rockstar und ich dieses Groupie unten im Technikgraben. Ich war armselig! Es gab kein anderes Wort dafür – einfach armselig.

Seufzend ließ ich mich nach hinten fallen und starrte an die Decke. Ich musste etwas in meinem Leben ändern, aber was genau? Ich hatte keine Ahnung. Dieses Praktikum für die nächsten Wochen würde ich auf jeden Fall noch durchziehen, und dann musste ich mir sowieso überlegen, wo meine Reise hingehen sollte.

Vorerst zurück nach Portland, so viel war klar. Aber auch von dort weg musste ich mich um einen Arbeitsplatz kümmern. Dass ich in Portland die Sekretärin für irgendjemanden spielte, kam nicht infrage. Ich hatte nicht so viele Jahre studiert, um dann die Kaffeetante für meinen Boss zu sein.

Verdammte Axt, nein! Ich wollte mehr aus meinem Leben machen. Ich wollte eine Karriere und irgendwann auch eine Familie … und ich würde nichts davon in Pinewood Bay finden.

Mein Plan war einfach nicht aufgegangen. Ganz egal, wie sehr ich mich daran festklammerte, es würde nicht passieren.

Mir das einzugestehen, war verdammt schwer, aber notwendig.

## JESSE

Es ging schon beinahe auf Mitternacht zu, als ich das Pub schließlich vorzeitig geschlossen hatte, um dann quer durch den Park in Richtung von Alexandras Hotel zu gehen.

Es war eigentlich schon viel zu spät, um bei irgendjemandem vor der Tür aufzutauchen. Aber ich hatte keine Ahnung, wann ich Livi sonst treffen konnte. Untertags, wenn ich Zeit hatte, war Livi bei der Arbeit. Und abends, wenn ich im Pub war, tauchte sie nicht mehr bei mir auf.

Mary-Ann hatte recht. Ich wusste nicht, wo das Ganze hinführte, wenn ich es nicht wenigstens einmal versuchte. Also war das hier meine beste Chance.

Ich drückte die Tür zum Hotel auf und entdeckte Alexandra hinter dem Tresen.

"Na? Da ist er ja, mein Lieblings-Pub-Besitzer", sagte Alexandra und grinste mich frech an. Sie hatte den Braten wohl schon gerochen.

"Hast du nicht genug Angestellte, um um diese Uhrzeit nicht arbeiten zu müssen?", brummte ich unwillig, denn ich hätte sie jetzt nicht unbedingt sehen wollen.

Lächelnd zuckte sie mit den Schultern. "Vielleicht war ich hier, um auf dich zu warten. Für den Blockbuster bleib ich doch gern länger wach."

Ich schnaubte. "Der Buschfunk funktioniert, hm?"

Grinsend nickte sie. "Er funktioniert so was von. Und du willst sicherlich Livis Zimmernummer."

Geschlagen seufzte ich und nickte, nahm aber wortlos dankbar die Zimmernummer von Alexandra entgegen.

"Na dann, viel Glück, Mister", sagte sie, während ich die Stufen nach oben in den ersten Stock ging.

Ich würde einfach nach oben gehen, ich würde klopfen, würde ihr sagen, dass ich sie gerne zum Leuchtturm einladen wollte, und dann würde ich nach Hause gehen, wo Eliza bereits schlief und Ethel mit Sicherheit eine dieser asbach-uralten Serien auf Netflix ansah.

Alles wie immer, nur ein kurzer Abstecher zu einer Frau, die mich in den Wahnsinn trieb.

Als ich vor ihrem Hotelzimmer ankam, war ich wie gelähmt und einfach nicht fähig dazu, meine Hand zu heben und an ihre Tür zu klopfen.

Ich wusste, warum: weil es mir eine Scheißheidenangst machte, wie viel Macht diese Frau über mich hatte.

Sie hatte mich dazu gebracht, hier zu sein, obwohl ich nie wieder vor dem Hotelzimmer einer Großstadttussi stehen wollte. Ich wollte nie wieder eine Frau aus der Großstadt küssen, und ich wollte vor allem nicht, dass sie so viel Macht über mich hatte.

Ich wollte all das nicht, und doch stand ich hier und meine Hand hob sich völlig automatisch zu der dunklen Holztür, an die meine Faust nur Millisekunden später ohne mein Zutun klopfte.

Mein Mund wurde ganz trocken, während ich mir aufgeregt durch die Haare fuhr. Vielleicht hätte ich einmal vorher in den Spiegel sehen sollen, um zu wissen, wie abgeranzt ich nach dieser langen Schicht im Pub aussah.

Aber eigentlich war es auch völlig egal, denn Livi kannte mich schließlich schon in meinen schlechtesten Zuständen. Und ich wollte sie überhaupt nicht beeindrucken, weil ich keine Großstadttussi beeindrucken musste.

Ich wollte hier weg – ganz schnell. Doch in dem Moment, in dem ich auf dem Absatz umdrehen wollte, öffnete sich plötzlich die Tür zu Livis Hotelzimmer – und dort stand sie, in der Öffnung zwischen

Türblatt und Rahmen und starrte mich aus diesen riesigen blauen Augen an, die so anbetungswürdig aussahen. Die dunklen Wimpern umrahmten das helle Blau genauso wie ihre blonden, engelsgleichen Locken ihr herzförmiges Gesicht umrandeten.

Das war der Teil von ihr, der mich schon immer in den Wahnsinn trieb. Aber noch schlimmer war, dass sie ihren wunderschönen Körper lediglich in ein einfaches weißes T-Shirt gehüllt hatte … und sie keine Hose trug.

Ihre perfekten, gebräunten, schlanken Beine waren nackt, wie Gott sie geschaffen hatte. Mein Mund wurde nur noch trockener, während ich jeden Zentimeter ihrer Haut musterte und mir dabei vorstellte, wie ich mit den Lippen an der glatten Haut entlangfuhr, hinauf bis zum Saum des T-Shirts …

Ich räusperte mich und fuhr mir noch mal durch die Haare, während ich verzweifelt versuchte, mit meiner Zunge meine Lippen zu befeuchten.

"Jesse … ähm … du?", stotterte sie und fuhr sich dann ebenfalls durch die Haare. Dabei waren ebenjene doch perfekt, als wäre sie jetzt gerade aus dem Friseursalon gekommen, so weich fielen ihre Locken auf ihre schmalen Schultern.

"Ja, ich … ähm", stammelte ich und trat vollkommen automatisch einen Schritt näher.

Das Knistern zwischen uns lag wieder in der Luft, und mein Blick wanderte ständig zwischen ihren vollen rosa Lippen und diesen glatten braunen Beinen hin und her.

Diese Frau war einfach göttlich! Es fiel mir so verdammt schwer, meine Hände von ihr zu lassen und meine Lippen sowieso. Sie war für mich wie die süßeste Droge, von der ich einfach niemals genug bekommen würde.

Schließlich streckte ich meine Hand aus und fuhr mit den Fingern durch ihre weichen Locken, nach hinten zu ihrem Nacken, in dem ich meine Hand um den schmalen Hals schloss. Dann zog ich sie näher zu mir, konnte das Knistern und die Anziehungskraft fast mit Händen greifen, während ich mich ganz langsam zu ihr beugte.

Sie sagte nichts, starrte mich nur an aus diesen großen blauen Augen mit so viel Verwunderung und gleichzeitig all der Begierde, die auch ich spürte. Dann schloss ich die letzten Zentimeter zwischen uns, drückte meine Lippen auf ihre.

Und da war es wieder: dieses Gefühl, das ich nicht in Worte fassen konnte. Das mir einfach nur sagte, dass ich mehr davon brauchte, immer mehr. Ich brauchte sie wie die Luft zum Atmen und diesen Kuss noch viel mehr, als ich mir in den letzten Tagen eingestanden hatte. Ich küsste sie energischer, küsste sie drängender und stöhnte dann an ihren Lippen, als ihre Hände sich über meine Brust in meinen Nacken schoben.

Ich presste sie an mich, konnte ihre weichen Rundungen an meinem harten Körper spüren. Die Hitze, die nur durch dieses bisschen Stoff hindurch zu mir drang.

Sie stöhnte, als meine Hände über ihre Seiten nach unten fuhren bis zum Saum ihres T-Shirts und ebenjenes dann nach oben schoben.

Meine Hände auf ihrer Haut unter meinen Händen zu fühlen, so weich, so warm, sorgte dafür, dass ich mich ihr noch weiter entgegenlehnte, an ihren Lippen stöhnte und ihren Namen in unseren Kuss hineinkeuchte.

"Livi … o Livi", murmelte ich an ihren Lippen.

Dann schob ich meine Hände höher unter den Saum ihres Shirts bis zu ihrem kleinen, knackigen Arsch, der sich so verdammt perfekt in meinen Händen anfühlte.

Ich drückte sie gegen meinen bereits schmerzhaft steifen Schwanz und schluckte das Keuchen, das sie in meinen Mund entließ.

Ich wollte sie!

Ich wollte sie jetzt.

Ich brauchte sie, jeden Zentimeter von ihr – alles. Und Livi schien es genauso zu gehen, denn sie zog sich an meinem Hals nach oben, bis ich ihr mit meinen Händen half, ihren Po anhob, damit sie ihre Beine um meine Mitte schlingen konnte. Dann ging ich mit ihr über die Schwelle in ihr Hotelzimmer und warf die Tür mit der Ferse zu. Hier waren wir, nur wir beide und dieses verlockende Bett in der Mitte dieses kleinen Raums, und ich würde es ausnutzen, jeden Zentimeter davon. Jeden Zentimeter von ihr und jede Minute, die uns beiden gegönnt war.

OLIVIA

Seine Hände auf meiner Haut zu spüren, war noch viel unglaublicher als seine Küsse auf meinen Lippen.

Mit jeder seiner Berührungen ließ er mich Dinge fühlen, die ich bis dato für unmöglich gehalten hatte. Dieses Feuer, das durch meine Adern raste und jede meiner Zellen in Brand setzte, hinderte mich am Denken und am Atmen.

Oder waren es seine Küsse?

Oder Jesse allein?

Ich wusste es nicht, konnte mich nicht lange genug auf einen Gedanken fokussieren, um dem auf den Grund zu gehen.

Ich liebte die Art, wie seine Lippen die Kuhle meines Halses entlangfuhren und wie seine Hände ungeduldig an meinem Shirt zogen.

Ich wollte ihn und ich wollte ihn jetzt, also entledigte ich ihn seiner Kleider genauso schnell, wie er meine zu Boden warf.

Jeder Zentimeter seiner Haut, die ich entblößte, machte mich noch gieriger nach diesem Mann, der mich schon angezogen so völlig um den Verstand brachte.

Meine Hände fuhren die starken Berge seiner Muskeln nach, folgten den Tälern, die sie bildeten, während er meine Brüste mit seinen Lippen liebkoste.

"Jesse … ich …", stöhnte ich, als seine Lippen sich um meine harten Nippel schlossen und er daran sog.

Die Blitze, die dabei durch meinen Körper schossen, sammelten sich in einem heißen Kribbeln zwischen meinen Beinen.

Ich wollte ihn. Jetzt sofort.

Doch er hörte nicht auf, mich zu verwöhnen, zog

eine Spur aus Küssen über meinen Körper bis hin zu meinem Venushügel und tiefer. Er leckte und küsste jeden Zentimeter meiner Pussy, während ich mich stöhnend unter ihm wand.

Es fühlte sich so verdammt gut an, ließ mein Herz rasen und meine Muskeln vor Erregung zittern.

Ich griff in seine Haare, drückte ihn fester an mich, um endlich Erlösung zu finden.

Doch gerade als ich kurz davor gewesen war, zu kommen, hörte er einfach auf und löste sich gegen meine Anstrengungen von mir.

"Jesse … nein … bitte!", jammerte ich und mein ganzer Körper war unruhig vor nicht erfüllter Begierde.

"Ich will mit dir kommen, Babe. Ein anderes Mal an meinem Mund, aber heute will ich in dir sein und dein Zucken spüren."

Seine Worte ließen mich abermals vor Lust zittern, dann keuchte ich auf, als er mich schwungvoll auf den Bauch drehte, ehe er mich nach oben auf alle viere zog.

Ich stöhnte, als er meinen Po streichelte, während er sich hinter mir positionierte und ich das Reißen der Kondomverpackung hörte.

Ich konnte es kaum noch erwarten, bewegte mich unruhig vor ihm und kassierte dafür einen kleinen

Klaps auf meinen Hintern, der mich nur noch ungezügelter werden ließ.

Dann endlich spürte ich, wie er in mich eindrang, mich ausfüllte und dehnte. Ich liebte das Gefühl, wie er sich Stoß für Stoß tiefer in mich schob und unser Rhythmus immer schneller wurde.

"O Gott … Jesse", keuchte ich, ließ meinen Oberkörper nach unten fallen, um ihn noch tiefer eindringen zu lassen.

Er knurrte unverständlich, stieß schneller und härter in mich, bis ich mich am Laken festklammerte. Es war kaum noch auszuhalten, so sehr wollte ich diesen Orgasmus, wollte, dass all die Spannung abfiel und wir endlich unseren Höhepunkt erreichten.

Und dann zerbarst alles in mir, zersplitterte in eintausend Teile, als Jesse mich mit sich über die Schwelle zu unserem Orgasmus riss.

Wir keuchten den Namen des anderen, spürten das Zucken unserer Körper und ich das Pulsieren seines Schwanzes in mir.

Es war vollkommen, so perfekt wie Jesse selbst, als wir schließlich gemeinsam zusammenbrachen und Arm in Arm schwer atmend auf dem Bett zum Liegen kamen.

# JESSE

Mein Herz raste noch immer, als wir Stunden später Arm in Arm in Livis Bett lagen.

Ihre weiche Wange hatte sie auf meine Brust geschmiegt, und ich war mir sicher, dass sie mein rasendes Herz hören konnte.

Ich liebte das zufriedene Grummeln, das sie von sich gab, und die Art, wie sie sich an mich schmiegte. Ich fühlte mich wie ein absoluter Gewinner, sie hier so halten zu können, und das nach diesem einzigartigen Sex, den ich mit ihr zusammen erleben durfte. Mit ihrem kleinen Zeigefinger malte sie Muster auf meine nackte Brust, was mir Gänsehaut bescherte. Und genau das schien ihr zu gefallen – genauso wie mir.

"Was wolltest du eigentlich hier?", fragte sie nach einiger Zeit und ich spürte dabei ihren Atem auf meiner Haut. Ich lächelte bei dem Gedanken, dass ich eigentlich nur kommen wollte, um sie zum unschuldigen Knutschen am Leuchtturm einzuladen. Federleicht fuhr ich mit den Fingerspitzen ihr Rückgrat auf und ab und murmelte dann: "Ich wollte dich fragen, ob du mit mir zum Leuchtturm gehst."

Einen Moment lag sie ganz still, dann drehte sie sich so auf den Bauch, dass sie mich ansehen konnte. Ihre hübschen Augenbrauen waren zusammengezogen, sodass eine steile Falte zwischen ihnen erschien. "Zum Leuchtturm?"

Träge lächelnd nickte ich.

"Aber das ist doch da, wo die Teenies zum Knutschen hingehen, nicht wahr?"

Mein Grinsen wurde breiter. "Genau dorthin."

Ihre Mundwinkel zuckten. "Du wolltest mich also zum Knutschen zum Leuchtturm bringen."

Ich zuckte mit den Schultern. "Konnte ja keiner wissen, dass es so einfach gehen würde."

"Hey!", beschwerte sie sich lachend und schlug mir dabei spielerisch auf die Brust.

"Na, ich hatte diesen Abend auf jeden Fall so nicht geplant", verteidigte ich mich, und ihr Grinsen wurde noch breiter.

"Geplant oder nicht, das Ergebnis hat mir ziemlich gut gefallen", antwortete sie frech. "Und wie siehts aus? Bekomme ich jetzt mein Leuchtturm-Date?"

"Du bekommst auf jeden Fall ein Leuchtturm-

Date", antwortete ich. Daraufhin schob sie sich an mir ein Stück nach oben, bis ihre Lippen erneut auf meine trafen, und es war das gleiche überwältigende Gefühl wie jedes Mal, wenn wir beide uns küssten.

Also zog ich sie auf mich, bis sie rittlings auf mir saß, und vertiefte den Kuss, brauchte mehr von ihr – noch ein einziges Mal.

Nein, das war gelogen – vor mir selbst musste ich das zugeben. Ich würde niemals genug von ihr bekommen. Und mein Vorsatz, mich nicht erneut in eine Frau aus der Großstadt zu verlieben, war so was von in die Hose gegangen.

Aber in diesem Moment war es mir egal, solange ich Livi im Arm halten konnte, war es mir sogar vollkommen egal.

Also küsste ich sie tiefer und schob all meine Bedenken und Sorgen beiseite und genoss einfach diesen wundervollen Moment. Diesen Moment mit ihr. Nur wir beide, allein in dieser Hotelzimmerblase.

Was morgen sein würde, darüber wollte ich mir keine Gedanken machen. Aber für den Moment war das hier perfekt, und ich würde es auskosten in dem Wissen, dass Ethel sich auf jeden Fall ganz hervorragend um Eliza kümmerte und ich mir diese winzige Auszeit von meinem sonst so stressigen und verantwortungsvollen Leben gönnen konnte.

Eine Auszeit mit Livi, der wohl mit Abstand atemberaubendsten Frau, der ich jemals in meinem Leben begegnet war.

Sie war hinreißend, klug, bildschön, witzig, zart, wortgewandt … ich hätte die Liste noch ewig fortsetzen können, wenn sie mich nicht in diesem Moment in sich aufgenommen und mir damit jeden klaren Gedanken geraubt hätte.

# KAPITEL 7

## OLIVIA

Kichernd gingen wir gemeinsam die Stufen des Hotels nach unten. Es fühlte sich gut an, dass Jesse über Nacht geblieben war. Damit war es echter, als wäre das hier wirklich etwas zwischen uns und nicht nur irgendein One-Night-Stand. Aber einen One-Night-Stand würde man auch nicht auf ein Leuchtturm-Date einladen, oder?

Er hatte seinen warmen, schweren Arm um meine Schultern gelegt. Ich fühlte mich beschützt und behütet in seinem Griff, während wir beide nach unten in die Lobby schlenderten. Hinter dem Tresen entdeckte ich Alex mit einem breiten Grinsen im Gesicht.

"Guten Morgen, ihr zwei", sagte sie, und Jesse stöhnte.

"Das war nicht vorteilhaft für den Buschfunk?"

"Darauf kannst du wetten", gab Alexandra zurück und lachte dann.

Jesse sagte nichts weiter, führte uns beide nur hinaus auf die Straße, und innerlich freute ich mich, dass er den Arm weiter um mich gelegt hatte. Und das, obwohl dort draußen all die Einheimischen waren, die uns beide zusammen sehen würden.

Ich war mir ziemlich sicher, dass das Getuschel hinter vorgehaltener Hand einen neuen Höchststand erreichen würde. Wahrscheinlich sogar mehr als der Kuss zuletzt vor Jesses Pub, und da hatte ich schon das Gefühl, in aller Munde zu sein.

Wir gingen zusammen die Straße runter, bis Jesse nach rechts in Richtung seines Pubs abbiegen musste und ich nach links, um zur Arbeit zu kommen.

Er schien zum gleichen Schluss gekommen zu sein, denn er hielt an und drehte sich so zu mir, dass wir uns beide gegenüberstanden. Sanft strich er mir eine Strähne hinters Ohr und musterte dabei mein Gesicht, als wäre ich irgendetwas ganz Besonderes. Dabei war ich doch nur eines von Hunderten Mädchen aus Portland, die versuchten, in einer Kleinstadt ihren großen Traum zu verwirklichen.

"Sehen wir uns heute Abend?", fragte er und seine braunen Augen fanden meine blauen.

Ich biss mir auf die Unterlippe und nickte. "Ich komm nach der Arbeit ins Pub, wenn du willst", stammelte ich.

Jesses Grinsen wurde breiter. "Ich will", sagte er dann, nahm mein Kinn zwischen Daumen und Zeigefinger und beugte sich dann zu mir, um mich auf die Lippen zu küssen.

Der Kuss war erst ganz sanft und federleicht und wurde dann von Sekunde zu Sekunde mehr und drängender, bis ein paar Jugendliche, die an uns vorbeiliefen, pfiffen.

Lächelnd lösten wir uns voneinander. "Dann bis später", sagte ich und grinste zu ihm auf.

"Bis später, Babe", antwortete er, beugte sich noch einmal zu mir und tupfte mir einen letzten Kuss auf die Lippen, ehe er sich ein paar Schritte rückwärts von mir entfernte und dann umdrehte, um zu seinem Pub zu gehen.

Er steckte die Hände in seine Hosentaschen, wodurch seine Schultern in der dicken Jacke noch breiter wirkten.

Grinsend sah ich ihm einen Moment lang nach, ehe ich mich ebenfalls umdrehte, um in Richtung des Rathauses zu gehen.

Dieser Tag konnte nicht schlecht werden. Nicht, wenn er so begann. Ganz egal, was der Bürgermeister und seine nervtötende Tussi heute für mich parat hielten.

## JESSE

Jedes Mal, wenn die Tür sich öffnete, wartete ich gespannt darauf, wer eintreten würde. Es wäre gelogen zu behaupten, dass mein Herz dabei den gleichen Rhythmus behalten hätte.

Ich konnte es kaum erwarten, dass Livi an diesem Abend ins Pub kam, und zählte die Minuten, bis es endlich so weit sein würde.

Die Enttäuschung bei jedem Gast, der nicht Livi war, war absolut verrückt, und es sollte so nicht sein, denn ich wollte doch gar keine Frau aus der Großstadt. Und dennoch flogen diese ekligen, aufgeregten Viecher in meinem Bauch ganz furchtbar durcheinander, als Livi dann tatsächlich im Türrahmen erschien.

Sie lächelte mich schüchtern an, und ihre blauen

Augen funkelten dabei auf eine Art, die mir völlig den Verstand raubte.

Sie winkte mir zögerlich zu und kam dann in viel zu langsamen Schritten auf diesen viel zu hohen High Heels quer durch mein Pub auf mich zu.

Als sie sich auf einem der Barhocker niederließ, konnte ich nicht mehr anders, beugte mich über den Tresen, griff in ihren Nacken und zog sie zu einem Kuss zu mir. Dass meine Stammgäste jubelten und johlten, war mir dabei so was von scheißegal, denn ich hatte den ganzen Tag darauf gewartet, sie endlich wiederzusehen und wieder zu spüren. Es war, als wäre ich jetzt schon süchtig, und das war ein verdammt großes Problem.

"Hallo, Schönheit", murmelte ich an ihren Lippen und strich sanft mit meinen Fingern über ihren Nacken. Ich spürte, wie sie erschauderte, und liebte dieses bisschen Macht, das ich über sie und ihren Körper hatte.

"Hey", gab sie leise zurück, kaum hörbar. Aber das Lächeln, das an ihren vollen rosa Lippen zuckte, sagte mir, dass sie diesen Moment genauso sehr genoss wie ich.

"Wie war dein Tag?", fragte ich, und mir war klar, dass das irgendwie viel zu normal und alltäglich war, viel zu banal und nichtssagend.

Dabei wollte ich sie am liebsten in einer großen Geste über meine Schulter werfen, sie nach oben in meine Wohnung tragen und genau da weitermachen, wo wir heute früh aufgehört hatten.

Sie seufzte und ließ sich auf ihrem Stuhl nach hinten sinken, wodurch ich den Kontakt zu ihrem Nacken verlor.

"Es war grauenvoll wie immer", sagte sie und sah dabei so mitleiderregend aus, dass ich am liebsten ins Rathaus gefahren wäre und Paul Fischer kurz und klein gemacht hätte.

"Keine Besserung in Sicht?", fragte ich, während ich ihr einen Tee zubereitete. Zumindest Tee sollte sie trinken, nicht immer dieses schreckliche Wasser. Wasser war nicht zum Trinken da, stilles Wasser war zum Waschen und um Tee zuzubereiten oder um zu kochen. Von mir aus noch, um Fische da drin schwimmen zu lassen, aber nicht, um getrunken zu werden, Punkt!

Livi erzählte von ihrem Tag und den blödsinnigen Aufgaben, die sie erledigen hatte müssen, obwohl noch so viel vorzubereiten war für dieses lächerliche Gründerfest, von dem ganz Pinewood Bay geradezu besessen zu sein schien.

"Dabei muss ich noch so viel sehen von Pinewood Bay, um das Konzept völlig ausarbeiten zu können", sagte sie in diesem Moment und ließ die schmalen Schultern sinken.

"Dann solltest du ihr das zeigen, Jesse", hörte ich Ethels Stimme auf einmal hinter mir.

Ich drehte mich zu ihr und sah sie aus schmalen Augen an. "Ja, das werden wir wohl irgendwann hinbekommen."

"Wie wärs mit morgen Abend?", sagte Ethel und drängte mich in eine Richtung, von der ich überhaupt nicht verstand, wie sie darauf kam.

Stirnrunzelnd sah ich sie an. "Ich muss morgen Abend arbeiten."

Sie schnaubte und winkte ab. "Du musst jeden Abend arbeiten."

"Da hast du das Problem gut erkannt, Grandma", antwortete ich und zog eine Augenbraue nach oben, während ich die Gläser, die vor mir standen und frisch gespült waren, aufpolierte.

"Dann werde ich morgen das Pub übernehmen und ihr zwei Süßen macht eine Stadtführung und euren Ausflug zum Leuchtturm."

Fassungslos starrte ich sie an und fragte mich, woher sie heute schon wusste, dass ich Livi gestern zum Leuchtturm eingeladen hatte.

Andererseits hätte mir klar sein müssen, dass der Buschfunk wieder einmal hervorragend in Pinewood

Bay funktionierte. Wahrscheinlich wusste die ganze Stadt bereits, dass ich die Nacht in Alexandras Hotel verbracht hatte.

"Das würden Sie wirklich tun?", fragte Livi begeistert, und ein Strahlen breitete sich auf ihrem wunderschönen, puppenhaften Gesicht aus. Ein Strahlen, das mir sagte, dass ich aus dieser Nummer nicht wieder herauskommen würde. Also seufzte ich geschlagen und warf mir das Geschirrhandtuch über die Schulter.

"Okay, wenn du das Pub übernimmst, könnten wir morgen zum Leuchtturm fahren."

Ethel nickte. "Ja, das werden wir machen, und heute Nacht schläft Eliza bei mir", fuhr Ethel dann fort, legte einen Arm um die Schultern meiner Tochter, die begeistert in die Hände klatschte.

"Super, Grandma. Darf ich dir helfen, die Gleithörnchen zu füttern?"

"Ich bestehe darauf, Mäuschen", sagte Ethel und strich dann sanft über Elizas Haare. "Also, ihr beiden. Wir sehen uns morgen", verabschiedete sie sich und schob Eliza nach draußen.

Dass meine Großmutter mir diese Nacht frei räumte, war irgendwie unangenehm, weil ich genau wusste, dass sie es tat, damit ich Livi mit zu mir nehmen konnte.

Als ich mich Olivia zuwandte und die Röte auf ihren Wangen sah, wusste ich, dass ihr selbiges gerade in diesem Moment klar geworden war.

Grinsend zuckte ich mit den Schultern. "Du musst natürlich nicht hierbleiben."

Da lachte sie. "Ich werd es mir noch überlegen. Es kommt ein bisschen darauf an, was es heut zum Abendessen gibt."

Schnaubend lehnte ich mich mit den Unterarmen auf den Tresen. "Keinen Salat, Babe, keinen Salat. Du hast den Salat für das ganze Dorf weggegessen, seit du hier bist."

Sie lachte auf, und ihr Lachen sorgte dafür, dass mir Schauder über den Rücken liefen. Wohlige Schauder, von der Art, die mir sagten, dass ich ein verdammt großes Problem hatte.

Um nicht weiter darüber nachdenken zu müssen, überbrückte ich die Lücke zwischen uns und küsste sie erneut. Ich bekam sowieso nicht genug davon, also konnte ich mir auch nehmen, wonach es mich so sehr begehrte.

Livi.

Meine Livi, die Frau, die nicht für mich bestimmt sein sollte und es dennoch auf eine unerklärliche Art und Weise war.

Verdammt.

## OLIVIA

Es war verrückt, den ganzen Abend im Pub darauf zu warten, dass Jesse Feierabend hatte und wir dann gemeinsam in seine Wohnung gehen würden.

Dennoch tat ich es und rutschte die letzten Minuten, während er den Laden zuschloss, ungeduldig auf meinem Stuhl hin und her.

Mit einem trägen Lächeln auf den Lippen kam er von der Tür zu mir herüber. Ein Kribbeln voller Vorfreude breitete sich in meinem Bauch aus, als er direkt vor mir stehen blieb und nach meiner Hand griff.

"Feierabend", murmelte er.

Ich nickte und schluckte trocken. "Nach der Arbeit das Vergnügen …"

Sein Lächeln wurde lasziv, was dafür sorgte, dass es zwischen meinen Beinen kribbelte. "Ich sollte dir dringend meine Wohnung zeigen." Er zog mich vom Barhocker und hinter sich her zu einer schmalen Treppe, die ins Obergeschoss führte.

Mein Herz pochte laut und schnell in meiner

Brust, und ich wurde von Stufe zu Stufe noch nervöser. Nicht nur, weil ich gleich wieder Jesses Körper und Lippen spüren würde, sondern auch, weil ich sein Zuhause kennenlernen durfte.

Ich war neugierig, wie er lebte, und konnte den Pub-Besitzer, den ich vor wenigen Wochen kennengelernt hatte, nicht mit dem Familienvater in Einklang bringen, den ich hier oben sehen würde.

Jesse öffnete die unabgesperrte Tür, etwas, das in Portland nicht möglich wäre. Ein weiterer Kleinstadtvorteil, den ich durchaus zu schätzen wusste.

Er lächelte mir über die Schulter zu, als er eintrat, schien sich kein bisschen unwohl zu fühlen, dass ich nun sein Zuhause sehen würde. Aber so war er nun einmal. Vollkommen zufrieden mit sich und seinem Leben.

Dafür bewunderte ich ihn. Mich selbst plagten so viele Unsicherheiten, ganz egal, wie sehr ich mich anstrengte, alles positiv und optimistisch zu sehen.

"Das ist mein Zuhause", sagte er und schloss die Tür hinter uns.

Wir standen direkt mitten in einem offenen Wohn-Essbereich. Rechts lag eine offene Küche in L-Form mit einer rechteckigen Kochinsel, an der vier Barhocker standen. Die Küche hatte schlichte, helle Holzfronten und war blitzblank.

Etwas anderes hätte ich von einem Gastronom, um ehrlich zu sein, auch nicht erwartet. Zufrieden lächelnd wandte ich mich nach links, sah dort eine gemütliche, graue Sofalandschaft mit einem recht kleinen Fernseher auf einem Sideboard an der gegenüberliegenden Wand.

So gewöhnlich wie der Flatscreen war, schien er keine übergeordnete Rolle in diesem Haushalt zu spielen, was mir ebenfalls gut gefiel.

Jesse trat hinter mich, schlang seine Arme um meine Mitte und küsste mich auf die Schläfe.

Dann sagte er: "Die Tür links führt zu Elizas Zimmer, hinter der in der Mitte verbirgt sich das Badezimmer und wir … wir müssen die rechte nehmen."

Er schob mich in die angegebene Richtung und küsste dabei meinen Hals und den Übergang zu meiner Schulter, was mir eine Gänsehaut am ganzen Körper bescherte.

Meine Lider senkten sich auf Halbmast, bis wir bei besagter Tür ankamen, die nur angelehnt war.

Jesse schob mich ins Zimmer und es gefiel mir auf den ersten Blick. Das große Bett war aus dunklem Holz und mit dunkelblauen Laken bezogen. Links und rechts standen ganz traditionell kleine, passende Nachtkästchen. Ansonsten gab es nur eine weitere Tür, die wohl zu einem Einbauschrank führte.

Zeit, dort hineinzusehen, hatte ich nicht, denn Jesse drehte mich in seinen Armen und küsste mich dann, während er mich rückwärts auf das Bett zu schob.

Gut so. Die Wohnung konnte ich auch später erkunden, jetzt wollte ich das, wonach ich mich schon seit Stunden sehnte: Jesse und seinen atemberaubenden Körper erkunden.

Genau in diesem Moment warf er mich aufs Bett und schob sich dann zwischen meine Schenkel. Er küsste mich erneut, energischer und fordernder diesmal. Mein Körper sprang augenblicklich darauf an, antwortete mit einem Brennen in meinem Inneren, das sich sofort in mir ausbreitete.

Stöhnend bog ich mich ihm entgegen, während Jesse mich auszog und seine Lippen jeden Zentimeter freigelegter Haut liebkosten. Nur am Rande bekam ich mit, wie auch er sich seiner Kleidung entledigte und schließlich erneut zwischen meinen Beinen zum Liegen kam.

Er sah mich aus lustgetrübten Augen an, als er schließlich in mich eindrang, und es fühlte sich genauso perfekt an wie in der Nacht zuvor. Ich war mir ziemlich sicher, dass ich niemals genug von Jesse und dem haben würde, was da zwischen uns war.

Es war etwas Besonderes, so viel war mir klar.

# JESSE

Unsicher betrachtete ich mich im Spiegel, sah die Jeans und die schicke Jacke an, die ich extra für dieses Date aus meinen Tiefen des Kleiderschranks herausgekramt hatte. Ich sah ziemlich ordentlich aus, aber dass ich mir überhaupt darüber Gedanken machte, was ich zu einem Date mit einer Frau aus der Großstadt trug, besorgte mich ein klein wenig mehr, als ich es wollte.

Seufzend fuhr ich mir durch die braunen Haare und war mir nicht sicher, ob das, was ich da tat, wirklich eine gute Idee war … denn ich war Livi schon viel zu sehr verfallen – so viel war sicher.

Eigentlich sollten in mir alle Alarmglocken läuten und ich sollte so schnell und so weit wie möglich wegrennen. Ich sollte mich in Sicherheit bringen … mein Herz in Sicherheit bringen.

Und dennoch versuchte ich noch das Beste aus mir herauszuholen und Livi irgendwie dazu zu bringen, das gleiche Chaos für mich zu empfinden, wie ich es für sie tat.

Dabei war das hier doch eine Katastrophe mit Ansage. In wenigen Wochen würde ihre Praktikumsstelle auslaufen und Livi würde zurück nach Portland gehen und würde mich hier allein mit einem gebrochenen Herzen zurücklassen.

Ich schüttelte diese trübseligen Gedanken ab und ging die Stufen nach unten ins Pub.

Ethel hatte die erste Schicht bereits übernommen, hatte das Pub geöffnet und die Stammkunden bedient. Ich ging zu ihr hinter den Tresen und gab ihr einen Kuss auf die Wange.

"Kann ich dir noch was helfen?"

Sie schnaubte und schüttelte den Kopf. "Du solltest schauen, dass du hier hinten rauskommst, bevor du dich einsaust vor deinem Date."

"Nenn es nicht so", brummte ich, und meine Grandma lachte.

"Ich nenne es so, weil es genau das ist", antwortete sie und scheuchte mich dann hinter dem Tresen hervor.

Ich setzte mich auf einen der Barhocker und betrachtete ihre alten Finger, deren Gelenke geschwollen waren vom vielen Arbeiten ihr ganzes Leben lang. Sie sollte hier nicht mehr arbeiten müssen, sie sollte überhaupt nicht so viel arbeiten und auf Eliza aufpassen und all die Dinge tun. Sie sollte eigentlich ihre Rente genießen und sich ein schönes Leben machen, anstatt sich ständig um meine Angelegenheiten zu kümmern.

"Hör auf, mich so mitleidig anzusehen, Junge", tadelte sie mich und ich zuckte entschuldigend mit den Schultern.

"Sorry, aber du solltest es dir eigentlich viel besser gehen lassen, anstatt dich immer um meinen Scheiß zu kümmern", sprach ich meine Gedanken aus.

Ethel schnaubte. "Ich habe dir diesen Scheiß überhaupt erst aufgeladen. Hätten wir damals das Pub nicht von unseren Eltern übernommen, dann wärt ihr alle gar nicht erst in dieses Fahrwasser geraten. Vielleicht hättest du in Portland studiert und wärst heute glücklicher Manager von irgendwas."

Ich zog unwillig die Augenbrauen zusammen und schüttelte den Kopf. "So hab ich das nie gesehen, und das weißt du."

"Natürlich weiß ich das", antwortete sie, lehnte sich über den Tresen und tätschelte mir sanft die Wange. "Weil du ein viel zu guter Kerl bist. Und jetzt geh und hol dein Mädchen ab."

"Sie kommt sicher hierher." Explizit ausgemacht hatten wir es aber nicht.

Ethel zog eine Augenbraue nach oben. "Geh und hol dein Mädchen ab, du ungehobelter Holzkopf."

Ich lachte, schüttelte den Kopf und stand auf. Sie hatte ja recht, ich sollte mein Mädchen abholen, wenn ich sie schon auf ein Date einlud, nicht wahr?

"Dann bis später, Ethel."

"Bis später", sagte meine Grandma und lächelte mir zu. "Und mach dir nicht so viele Sorgen um Eliza. Sie ist gut aufgehoben bei den Hamdens."

Seufzend nickte ich. Meine Grandma kannte mich einfach viel zu gut und wusste, dass ich auch an meinem Date nicht umherkommen würde, über meine Tochter und ihre Übernachtung bei ihrer Freundin nachzudenken. Aber ich versuchte mir zumindest keine Gedanken um sie, um Ethel und das Pub zu machen, während ich den kleinen Park im Zentrum von Pinewood Bay durchquerte, um zu Alexandras Hotel zu kommen.

Heute stand die Chefin nicht persönlich hinter dem Tresen, sondern einer ihrer Angestellten, den ich auch gut von seinen Besuchen im Pub kannte.

Ich nickte ihm zu und ging dann die Stufen nach oben, um Livi abzuholen.

Mein Herz klopfte, als ich an ihre Tür pochte, und ein erwartungsvolles Lächeln legte sich auf meine Lippen.

Dann öffnete sie die Tür und sah bezaubernd aus in den engen Jeans und dem dicken Strickpullover. Sie hatte ihre Mütze und den weichen Schal in einem schönen Hellblau bereits umgelegt, das perfekt zu ihren strahlenden Augen passte.

"Moment, ich brauch nur noch meinen Mantel", sagte sie und trat dann zu der kleinen Garderobe links von der Zimmertür.

Ich nahm ihr den braunen Mantel aus den Fingern und hielt ihn ihr so hin, dass sie hineinschlüpfen konnte. Sie lächelte strahlend zu mir auf, als ich sie umdrehte und den Reißverschluss für sie schloss. Es waren die kleinen Dinge, die sie glücklich machten und mich damit auch.

"Bereit?", fragte ich und sie nickte erwartungsvoll. Da legte ich ihr einen Arm um die Schultern und führte sie die Treppen hinunter und hinaus auf die Hauptstraße.

Wir schlenderten einmal quer durch Pinewood Bay, und ich erzählte ihr alles über die kleinen Gebäude und die Sehenswürdigkeiten dieser Stadt. Ich kannte die Stadtführungen zur Genüge. George schrieb sie immer mal wieder neu in meinem Beisein an meinem Tresen im Brown's Pub.

"Die Geschichten über die Hexen erzähle ich dir nicht, die musst du dir von George persönlich anhören", sagte ich, als wir die Ortsgrenze überschritten hatten und hinüber in Richtung der Klippen gingen.

Es war ein malerisches Wegchen, das den Hügel hinaufführte – romantisch, gekiest und kaum beleuchtet in diesem abendlichen Ambiente.

Je weiter wir gingen, desto mehr Natur kam um uns herum. Die Häuser rückten immer weiter in die Ferne und der Weg wurde dichter umstellt von großen Bäumen, die das Mondlicht weiter zurückdrängten. Ich zog Livi näher an mich, falls es ihr vielleicht ein wenig unheimlich war hier im Dunkeln, und sie nahm meine Umarmung gerne an.

"Aubrey hat irgendetwas von einer Legende um den Leuchtturm gesprochen", sagte sie schließlich, als wir auf halbem Weg den kleinen Berg hinauf zu den Klippen waren.

Ich nickte. "Ja, aber ich glaub, da musst du Aubrey fragen. Ich habs nicht so mit all diesen Sagen und Legenden."

"Weißt du gar nichts darüber?", fragte sie mich und sah neugierig zu mir auf.

"Nur irgendetwas von einem einsamen Leuchtturmwächter, der unter Einsatz seines Lebens in einer stürmischen Nacht zum Leuchtturm gegangen war, um dort die Kerzen zu entzünden. Achtzehnhundertirgendwas."

"Und was ist daran eine Legende?", fragte sie, während wir den Biegungen des gekiesten Wegs nach oben folgten.

"Man sagt, dass er sich dabei ein Bein gebrochen hat, und die Frau, die auf dem Boot in Pinewood Bay angekommen war, hatte ihn zum Dank gesucht und dort oben gefunden und ihm somit wohl das Leben gerettet."

"Das heißt, sie haben sich gegenseitig das Leben gerettet", sagte Livi begeistert und ihre blauen Augen funkelten im Mondlicht.

"Ja, genau, irgendwie so. Aber wie gesagt, frag das lieber Aubrey."

"Und was kannst du mir sonst über den Ort erzählen?", fragte sie, als wir oben an den Klippen ankamen. Wir gingen fast ganz nach vorn und genossen die malerische Aussicht im Mondlicht.

"Ich kann dir sagen, dass das hier ein ziemlich beliebter Ort für romantische Dates ist", lenkte ich sie ab, drehte sie zu mir und strich ihr eine Strähne aus dem Gesicht.

Sie lächelte zu mir auf. "Für romantische Dates?" Neugierig sah sie mich an.

"Mhm", machte ich, beugte mich nach vorn, um meine Lippen auf ihre zu legen.

Es war definitiv Zeit, ihr zu zeigen, was für Dates

hier oben am Leuchtturm stattfanden, anstatt immer nur darüber zu reden.

Ich küsste sie, sanft und federleicht zuerst. In dieser malerischen Kulisse, in unserem Hintergrund der große weiße Leuchtturm, der dort so riesig aufragte. Und dann vertiefte ich den Kuss, wollte mehr von ihr, während die Wellen unten gegen die Klippen rauschten und das Ganze fast schon melodisch untermalten.

Dieser Moment war perfekt, viel perfekter, als er sein sollte. Aber für einen einzigen Moment wollte ich nicht darüber nachdenken, was die Zukunft mit sich brachte, was nicht sein sollte und was nicht funktionieren würde.

Ich wollte einfach nur das Hier und Jetzt genießen und diese wunderbare Frau in meinen Armen, die mir Gefühle schenkte, die ich seit so langer Zeit nicht mehr gekannt hatte. Gefühle, die ich seit Elizas Mom nicht mehr zugelassen hatte und die jetzt mit aller Macht an die Oberfläche brachen. Gefühle, über die ich mir jetzt in diesem Moment keine Gedanken machen wollte.

Alles, was ich jetzt brauchte, war Livi, und sie lag in meinen Armen. Wie konnte dieser Abend noch besser werden?

Sie klammerte sich an mir fest, und allein das zu spüren, reichte aus, um mein Herz noch schneller schlagen zu lassen. Mein Magen spielte ebenso verrückt wie der Rest meines Körpers. Völlig außer Kontrolle, sobald diese Frau in meiner Nähe war.

Und das Schlimmste daran?

Ich genoss es. Jede verdammte Sekunde meines ins Unglück führenden Wegs.

# KAPITEL 8

OLIVIA

"Bevor Sie gehen, Olivia, kommen Sie bitte noch in mein Büro", sagte der Bürgermeister, und ich sah stirnrunzelnd zu ihm auf. Für gewöhnlich versuchte er mich immer schnellstmöglich loszuwerden, um dann mit seiner heiß geliebten besseren Hälfte den Abend zu verbringen.

Aber was solls. Vielleicht hatte er ja endlich bemerkt, dass das Gründerfest nicht allzu weit entfernt ist und wir langsam Gas geben sollten.

Lächelnd nickte ich und packte meine letzten Sachen in die Handtasche, die ich mir dann über die

Schulter warf. Ich ging die wenigen Schritte bis zum Büro und klopfte dann an den Türrahmen.

"Ah, da sind Sie ja schon. Treten Sie ein und schließen Sie die Tür, bitte", sagte er und sah dabei nur kurz auf, was mich ein wenig verwirrte.

Noch mehr allerdings faszinierte mich die Tatsache, dass von seiner schrulligen Freundin weit und breit nichts zu sehen war. Wer wusste schon, vielleicht saß sie bereits in irgendeinem extrem teuren Nobelrestaurant und wartete auf ihn.

"Ich wollte mit Ihnen über Ihre berufliche Zukunft sprechen", sagte Mr. Fischer und sah dabei nicht von seinen Unterlagen auf.

Ich runzelte die Stirn, was für ein Einstieg, aber vielleicht hatte er sich ja wirklich eines Besseren besonnen?

"Ja, ich hatte gehofft, dass ich vielleicht im Anschluss an das Praktikum hier eine Stelle haben könnte", antwortete ich und setzte mich währenddessen auf den Stuhl, den er mir mit einer kleinen Geste zugewiesen hatte.

"Ja, Olivia, es … ähm, ist leider so, dass es hier personell nicht so gut passt", antwortete er und mein Stirnrunzeln vertiefte sich.

Was zum Teufel meinte er damit? Ich machte meine Arbeit hervorragend und all meine Vorschläge hatte er immer dankend angenommen. Also immer dann, wenn ich wirklich zum Arbeiten kam und nicht irgendwelche Erledigungen für seine Freundin machte.

"Personell nicht so gut passt?", fragte ich in der Hoffnung, dass ich mich verhört hatte.

"Ja, es gibt hier ein paar Diskrepanzen, die wohl nicht zu überbrücken sind. Es tut mir sehr leid, denn mit Ihrer Arbeit an und für sich war ich sehr zufrieden."

Meiner Arbeit an und für sich? Was zum Teufel meinte er denn?

Doch dann fiel es mir wie Schuppen von den Augen. Es ging darum, dass seine beschissene Freundin mich nicht leiden konnte.

Das war wohl nicht sein Ernst, oder?

Ich versuchte diplomatisch zu bleiben und richtete mich ein wenig auf, dann sagte ich: "Mister Fischer, ich denke, dass es hier doch nur um eine Arbeitsleistung gehen sollte, und an der gibt es wirklich nichts auszusetzen."

"Gibt es nicht, aber im Leben geht es nicht immer nur da drum. Ich wollte Sie einfach rechtzeitig da drüber informieren. Nicht, dass Sie sich darauf einstellen, in Pinewood Bay zu bleiben … auch über das Gründerfest hinaus", stammelte er und mied weiterhin meinen Blickkontakt.

Es war sein Ernst. Es war sein verdammter Ernst. Er wollte mich wirklich loswerden, weil seine Freundin mich nicht leiden konnte. Und ich wusste noch nicht einmal warum. Ich tat ihr nichts, ich brachte ihr sogar ihre beschissenen Cupcakes.

"Okay, wie dem auch sei, ich muss dann los", sagte er, stand auf und schob Blätter auf seinem Schreibtisch hin und her.

Das war wohl mein endgültiger Rauswurf. Ich konnte es nicht fassen! Ich wusste noch nicht einmal, was ich da drauf antworten sollte.

Es gab nicht viel zu antworten. Also zumindest nichts, was über Beleidigungen gegen Amanda hinausging.

Ich war einfach nur fassungslos. Also nickte ich stumm, stand auf und ging langsam nach draußen, als hätte ich noch immer die Hoffnung, dass er mich jeden Moment zurückrufen würde, um mir zu sagen, dass es ein Fehler war und dass ich natürlich die Stelle hier haben konnte.

Aber es schien nicht so … absolut nicht. Er sagte einfach gar nichts, er räusperte sich nur, als ich an der Türschwelle noch einmal innehielt.

Wie in Trance ging ich nach draußen und klammerte mich an meiner übergroßen Handtasche fest.

Er hatte mir quasi gerade gekündigt – oder um genauer zu sein, meinen Vertrag nicht verlängert. Er hatte einfach so gesagt, dass ich mir im Anschluss meines Praktikums etwas anderes suchen sollte, weil seine Freundin mich nicht leiden konnte.

Ich hasste ihn. Ich hasste dieses rückgratlose Arschloch und seine saudumme Freundin auch. Ich wollte die beiden nie wieder in meinem Leben sehen, und das, obwohl ich diesen Job echt verdammt gern gehabt hätte.

Ich schluckte hart und rieb mir einmal über den Unterarm, um mich ein bisschen zurück ins Hier und Jetzt zu holen.

Aber es änderte nichts an der Situation. Das hier war gerade wirklich geschehen. Unsicher lächelte ich dem Sicherheitsmann am Eingang des Rathauses zu und ging dann nach draußen auf die nicht allzu belebte Straße.

Ich zog mir die Jacke enger um den Oberkörper, mir war arschkalt – von innen heraus, um ehrlich zu sein.

Meine Augen begannen zu brennen, denn mir wurde bewusst, was das alles noch nach sich zog. Es hieß ja nicht nur, dass ich meinen Traumjob hier in Pinewood Bay verlieren würde, sondern auch, dass ich Jesse verlassen musste.

Pinewood Bay war nicht groß genug, dass ich irgendwo anders Arbeit finden konnte, was für mich hieß, ich musste zurück nach Portland, und damit war auch meine Beziehung zu Jesse definitiv in Gefahr. Nach allem, was er mir erzählt hatte, konnte ich mir nicht vorstellen, dass er sich auf eine Fernbeziehung einlassen würde.

Ich blinzelte hektisch, um die Tränen zu vertreiben, und drückte meine Fäuste auf meinen Magen, der sich ganz ekelhaft anfühlte. Die Art von ekelhaft, die einem sagte, dass die Zukunft beschissen werden würde und es keine Abzweigung mehr gab, um sich vor diesem Schicksal zu retten.

Ich torkelte die Hauptstraße entlang und lief zielstrebig zum Pub. Ich musste mit Jesse reden, musste ihm von all dem erzählen und einfach seine starken Arme um mich spüren.

Ich wollte ihn noch einmal fühlen und es mir in dem Wissen gut gehen lassen, dass er für mich da war und mich verstand.

Mein Blinzeln wurde hektischer im Versuch, nicht auf offener Straße zu heulen. Ich wollte nicht, dass all diese Menschen, die sich hier zu Feierabend auf den Weg nach Hause machten, sahen, wie mir die Tränen über die Wangen liefen.

Total verheult und mit verschmiertem Mascara im Pub anzukommen, das kam nicht infrage.

Heulen wollte ich nur hinter verschlossenen Türen. Äußerlich musste ich immer meinen ach so geliebten Optimismus wahren.

Ich drückte die Tür zum Pub auf und genoss die Wärme, die mich sofort umschloss. Dann sah ich mich im Raum um auf der Suche nach Jesse.

Doch ich sah ihn nicht. Hinter dem Tresen stand Ethel und lächelte mich einladend an. Sie war definitiv nicht die Frau, die ich in diesem Moment sehen wollte. Ich wollte Jesse, und ich wollte ihn für mich allein, damit ich all meinen Kummer mit ihm teilen konnte.

"Na, Liebes?", sagte sie und deutete mir an, mich auf einen der Barhocker zu setzen.

"Hi, Ethel. Wo ist … wo ist Jesse?", fragte ich unsicher, setzte mich aber.

Ethel zog eine Augenbraue nach oben. "Hast du vergessen? Er hat doch heute diese Sprechstunde mit Eliza in der Schule." Stöhnend ließ ich meine Schultern sinken. Verdammt, ja, ich hatte es tatsächlich vergessen. O Mann! Dabei brauchte ich ihn jetzt so dringend.

Als hätte Ethel meine innere Aufgewühltheit gespürt, griff sie über den Tresen hinweg nach meiner Hand und drückte sie sanft.

"Ist alles okay bei dir?"

Ich biss mir auf die Unterlippe und suchte ihren Blick, fühlte mich irgendwie angenommen und angekommen, als ich die tiefen Furchen um ihre ausdrucksstarken braunen Augen sah, die denen von Jesse so ähnlich waren. Sie sah besorgt drein, also musste ich wirklich schlimm aussehen. Wahrscheinlich so schlimm, wie ich mich in diesem Moment fühlte.

Seufzend ließ ich die Schultern noch ein Stückchen weiter sinken und versuchte ihr dann ein dankbares Lächeln zu schenken – das mir nicht wirklich gelang. Im Gegenteil, ich spürte, dass diese verflixten Tränen schon wieder zurück in meine Augen schossen, allein bei dem Gedanken, all das hier zu verlieren.

"Ich … ich", stammelte ich und wischte mir dann mit einer Hand unter dem linken Auge entlang, um eine der Tränen aufzufangen, die mir entkommen waren.

"Ach Liebes, was ist denn los?", fragte Ethel und drückte sanft meine Hand.

"Mein Job wird nicht verlängert, ich … ich werde Pinewood Bay verlassen müssen", sagte ich.

Und dann konnte ich die Tränen nicht mehr zurückhalten, sie kullerten schneller als ich verhindern konnte über meinen Wangen.

Ethel reichte mir ein Taschentuch und hielt dabei die ganze Zeit meine Hand, während ich ihr von dem Gespräch mit dem Bürgermeister erzählte.

"Was für ein Idiot", sagte Ethel, schnaubte dann und schüttelte den Kopf. "Wie kann ein Mann so dämlich sein und nur mit seinem besten Stück denken anstatt mit seinem Kopf und darüber, was für Pinewood Bay das Beste ist." Sie schnalzte verärgert mit der Zunge.

"Ich will hier nicht weg und ich will Jesse nicht verlassen", jammerte ich.

"Es wird sich sicher eine Lösung finden, Liebes", sagte sie dann und drückte abermals meine Hand.

"Willst du eine Kleinigkeit essen?"

Ich schüttelte den Kopf. "Nein, ich kann nichts essen. Mir ist ganz elend", antwortete ich und Ethel nickte.

"Was hältst du davon, dass du einfach schon nach oben gehst und dort ganz in Ruhe auf Jesse wartest?", fragte sie, und ich nickte. Denn tatsächlich war es mir unangenehm, dass all die Stammgäste hier im Pub meinem Gespräch mit Ethel folgten. Wahrscheinlich hatten sie alle sich schon geistig Notizen gemacht, wem sie von diesem neuesten Pinewood-Bay-Skandal berichten wollten.

Ethel lächelte mir aufmunternd zu, und ich bedankte mich bei ihr, indem ich ihren Händedruck erwiderte. Dann schniefte ich noch einmal, packte mir meine Tasche und ging die Stufen nach oben zu Jesses Wohnung.

Dort angekommen, setzte ich mich auf das weiche graue Sofa und hüllte mich in eine der Wolldecken, die dort lagen.

War mein Leben gerade eben noch so verdammt perfekt gewesen, war es nun nach diesem einen dummen Gespräch mit dem Bürgermeister so was von versaut.

Und ein klein wenig graute mir sogar davor, Jesse von meinem Dilemma zu berichten, denn ich wollte ihm nicht wehtun und wollte nicht, dass er sich genauso schlecht fühlte, wie ich es in diesem Moment tat.

Nur hatte ich keine Alternative. Ich konnte Mister Fischer kaum dazu zwingen, mich einzustellen. Amanda umzubringen war leider auch nicht sonderlich vielversprechend, denn dann würde ich mit Sicherheit im Gefängnis landen und hätte abermals keine Chance auf eine Beziehung.

Schniefend schloss ich die Augen. Warum konnte das Leben nicht einmal fair zu mir sein? Alles, was ich mir wünschte, war eine Familie, die mir noch nicht einmal als Kind vergönnt gewesen war.

## JESSE

Olivia war ein kleines Häufchen Elend gewesen, als ich von der Sprechstunde aus Elizas Schule zurückgekommen war.

Ich war froh, dass Eliza erneut bei den Hamdens übernachtete und Ethel die Bar übernahm und ich mich ganz auf Livi konzentrieren konnte.

Das, was sie mir vom Bürgermeister erzählte, verwunderte mich leider so überhaupt nicht. Aber es änderte nichts daran, dass es mir mit dem, was sie dort sagte, verdammt beschissen ging. Allein der Gedanke, dass sie Pinewood Bay verlassen würde, dass sie mich verlassen würde, sorgte dafür, dass sich mein Magen zusammenkrampfte – und das, obwohl ich es doch von Anfang an gewusst hatte.

Mir war doch klar gewesen, dass Olivia nicht für immer hier sein würde, dass sie irgendwann zurückgehen würde und ich dann wie immer allein zurückbleiben musste.

Und dennoch fühlte es sich an, als wäre ich mit voller Wucht von einer Abrissbirne getroffen worden.

Nachdem sie mir von all dem erzählt hatte, war sie weinend an meiner Schulter eingeschlafen. Ich hatte meine Arme um sie geschlungen und hielt sie fest, atmete ihren süßen Geruch nach Vanille ein und konnte nichts anderes tun, als mich der Panik in mir hinzugeben und dem Wissen, dass das hier befristet war. All das hier hatte ein Ablaufdatum. Einen Stempel, auf dem stand, wie lang es noch halten würde, bevor Livi zurück in die große Stadt ging.

Ich hasste dieses Gefühl, denn ich kannte es nur zu gut.

Nach ungefähr einer Stunde regte sie sich wieder in meinen Armen, und ich drehte meinen Kopf so, dass ich sie auf die Stirn küssen konnte.

"Es … es tut mir leid", murmelte sie und rieb sich über das Gesicht.

"Es gibt nichts, was dir leidtun müsste", antwortete ich, doch tief in mir wollte ich ihr am liebsten die Schuld dafür geben, dass sie es überhaupt geschafft hatte, dass ich mein Herz an sie verlor.

Sie hätte doch einfach wegbleiben sollen, nicht immer wieder hier im Pub auftauchen dürfen, um sich ganz langsam und klammheimlich in mein Herz zu schleichen.

Es war nicht fair, ihr die Schuld dafür zu geben, immerhin hätte auch ich mich nicht auf all die Flirtereien und Neckereien einlassen müssen. Und dennoch fühlte ich mich irgendwie betrogen und konnte die Panik, die sich bei dem Gedanken, Livi zu verlieren, in mir aufbaute, einfach nicht unter Kontrolle halten.

Deshalb musste ich hier weg, ich brauchte ein paar Minuten für mich allein, ein paar Minuten, an dem ich ihren kleinen, perfekten Körper nicht an meinem spüren musste und ständig diesen süßen Erdbeer-Vanille-Duft in der Nase hatte.

Ich brauchte ein paar Minuten nur für mich, um meine Gedanken zu sortieren und mir darüber klar zu werden, wie es ohne Olivia in meinem Leben weitergehen würde.

Ich hatte doch schon Schlimmeres überstanden. Ich hatte es schließlich sogar geschafft, Eliza allein großzuziehen, als ihre Mom uns so mir nichts, dir nichts verlassen hatte. Aber da war es zumindest von vornherein irgendwie komisch gewesen und immer ein klein wenig anstrengend.

"Ich ... ich hol uns mal was zu essen", sagte ich unbeholfen und schob sie sanft von mir.

Ich konnte ihr ansehen, dass es nicht das war, was sie in diesem Moment brauchte, aber es war das, was ich brauchte.

Ein paar Minuten Zeit, um mit mir selbst wieder klarzukommen.

"Was Bestimmtes?"

"Ich hab keinen Hunger", antwortete sie.

"Einen Burger also", gab ich zurück und ging dann in Richtung der Wohnungstür, um mich von dort aus noch einmal nach ihr umzusehen.

Ich musste mein Leben sortieren und alles auf die Reihe bekommen, bevor ich eine Lösung für Olivia suchen konnte. Denn wenn ich mir nicht klar war, was ich wollte, wie sollte ich ihr dann sagen, wohin unsere Reise gehen konnte?

Wenn es überhaupt noch ein Uns gab.

Wie sollte es denn, wenn sie Pinewood Bay verließ und ich doch hier an diesen Ort gekettet war. Nicht nur durch diesen Pub, sondern auch durch Ethel und Eliza. Ich konnte sie schließlich nicht einfach aus all dem hier herausreißen, sie ihrer Grandma wegnehmen und auf eine andere Schule zu anderen Freunden schicken. Ich konnte ihr nicht wegnehmen, dass sie so wie an diesem Abend einfach bei ihrer Freundin Greta übernachten konnte, um dann morgen mit ihr zusammen in die kleine Schule zu gehen, die unseren Ort versorgte. Ich konnte und durfte ihr ihre Kindheit nicht so versauen, indem ich sie jetzt hier rausriss und mitten nach Portland brachte.

Dass ich überhaupt darüber nachdachte, faszinierte mich, denn all diese Gedanken waren mir bei Elizas Mutter niemals gekommen. Es stand überhaupt nicht zur Debatte, Pinewood Bay zu verlassen. Und das, obwohl ich damals nur das Pub hatte.

Doch mir war schon seit Langem klar, dass mit Livi alles anders war, dass sie viel tiefer in meinem Herzen saß als irgendeine andere Frau jemals zuvor. Livi war so viel mehr für mich, und das in einer so unfassbar kurzen Zeit, dass mir die Worte fehlten.

Ich rannte die Treppen nach unten und betrat das Pub. Aufgeregt fuhr ich mir durch die Haare, um zumindest den Anschein zu machen, alles im Griff zu haben. Doch ich sah an Ethels Blick, dass sie wusste, dass in mir die Hölle los war.

"Sag nichts", sagte ich, noch bevor Ethel ein Wort an mich gerichtet hatte.

Sie schnalzte verärgert mit der Zunge. "Du wirst jetzt keinen Unfug machen, Junge", antwortete sie und lehnte sich mit einer Hand an den Tresen.

Dass das halbe Pub uns zuhörte, schien sie überhaupt nicht zu stören, doch Ethel war, was das anging, sowieso ein bisschen anders als ich. Sie war mehr Pinewood Bay, als ich es jemals sein würde. Sie war ein Urgestein in diesem Ort.

"Was soll ich denn machen? Sie wird Pinewood

Bay verlassen, und das um so vieles schneller, als ich jemals erwartet hatte."

Denn um ehrlich zu sein, war in meinem Kopf immer der Gedanke gewesen, dass Livi ein wenig hierbleiben würde, vielleicht ein oder zwei Jahre, bevor sie die Schnauze voll von diesem gottlosen Ort hatte.

Dass sie nun schon in wenigen Wochen diese Kleinstadt und damit auch mich verlassen würde … Es war einfach zu früh, ich hatte noch keine Zeit gehabt, mich damit auseinanderzusetzen und darüber nachzudenken, wie mein Leben nach Livi sein würde.

"Stell dich nicht so an, Jesse", sagte Ethel mit so einem scharfen Ton, dass ich blinzelnd zu ihr herübersah.

"Was meinst du mit anstellen?"

"Na, du musst eben was dafür tun, dass sie hierbleibt", sagte sie, als wäre es völlig selbstverständlich und logisch, dass ich all das beeinflussen konnte.

"Was soll ich denn machen?", fragte ich scharf und verschränkte die Arme vor der Brust.

Es war eine abwehrende Geste, und Ethel sollte ruhig wissen, dass sie gerade einen Schritt zu weit ging.

Doch es schien sie überhaupt nicht zu stören, denn sie kam zu mir und bohrte mir einen ihrer alten, krummen, gichtgeplagten Zeigefinger in die Brust.

"Du, mein Junge, musst sie eben dazu überreden, hierzubleiben."

Hart auflachend ließ ich die Arme sinken und hob sie zu einer Was-zum-Teufel-Geste zur Seite. "Und wie soll ich das machen? Sie hat keinen Job, sie wird zurück nach Portland gehen, um dort zu arbeiten."

"O Mann", sagte Ethel und bohrte ihren Finger noch tiefer in meine Brust. "Dann musst du ihr eben einen Job geben."

"Und was?"

Fast schon schockiert wirkend, drehte Ethel sich um. "Hier im Pub. Gib ihr einen Job, bis sie sich selbstständig gemacht hat."

"Sie will doch nicht hier in diesem Pub jobben. Sie will in die Großstadt und Karriere machen."

"Sie will dich, Junge", sagte Ethel, als hätte ich nicht mehr alle Latten am Zaun. "Sie will nur dich, also schnapp sie dir einfach."

"Und dann?", fragte ich zögerlich, weil ich zugeben musste, dass der Gedanke, dass sie einfach hier bei mir bleiben würde, etwas in mir traf, das Hoffnung aufkeimen ließ.

"Sie kann sich doch hier eine kleine Marketingfirma aufbauen."

"Bei was für Kunden denn?", fragte ich.

"Es gibt genug Kunden hier, die Hilfe brauchen. Und so eine Arbeit, die kann man doch auch über dieses Internet machen."

Die Art, wie Ethel "dieses Internet" sagte, ließ mich lächeln. Und sie hatte recht, es könnte vielleicht wirklich funktionieren. Verwirrt über meine eigenen Gedanken verschränkte ich die Arme abermals vor der Brust.

"Du musst dich nur trauen, Junge", sagte Ethel und griff mit ihren krummen Händen nach meinen Oberarmen. Sie schüttelte mich sanft und sah mich mit so viel Liebe an, dass mir ganz warm in der Brust wurde.

"Trau dich, Junge. Du kannst sie dazu überreden, hierzubleiben. Sie will hierbleiben. Sie braucht nur einen Grund und eine Perspektive. Geh zu ihr, zeig ihr, dass sie hier einen Platz hat. Dass sie einen Ort hat, an dem sie zu Hause ist, und dass sie sich hier eine Zukunft aufbauen kann."

"Und du meinst, sie würde es wirklich tun?", fragte ich zögerlich, weil ich mich nicht traute, diese Hoffnung zu schöpfen.

Ethel lächelte auf diese Art und Weise, die mir sagte, dass sie so viel mehr Lebenserfahrung hatte als ich, und nickte dann zuversichtlich.

"Ja, das würde sie. Sie würde bleiben, denn sie

will bleiben." Sie hob ihre Hand und legte sie mir auf die stoppelige Wange. "Steh deinem eigenen Glück nicht im Wege, Junge. Du brauchst sie an deiner Seite."

Und wie richtig Ethel damit lag, würde ich ihr wohl nie erklären können. Aber in ihren Augen stand, dass ich das auch gar nicht musste, dass sie genau wusste, was in mir und in Livi vor sich ging.

Also beugte ich mich nur zu ihr, küsste sie auf die Wange und drehte mich dann auf dem Absatz um.

Ich hatte eine Mission zu erfüllen. Ich hatte eine Frau dazu zu bringen, bei mir zu bleiben und ein Leben im Ungewissen in Pinewood Bay auf sich zu nehmen.

Und wenn Ethel recht hatte, dann hätte ich tatsächlich eine Chance. Eine Chance auf eine Zukunft mit der Frau meiner Träume an meiner Seite.

Mein Herz raste bei diesem Gedanken, bei der Hoffnung, die in mir aufkeimte. Es war ein kleiner Funke, den ich bislang immer erstickt hatte, aus Angst, mein Herz zu verlieren.

Aber das hatte ich ohnehin schon, nicht wahr? Also konnte ich auch gleich aufs Ganze gehen.

Hier und jetzt.

Für mich. Für uns und unsere Zukunft.

# OLIVIA

Ich zuckte zusammen, als die Tür zur Wohnung schwungvoll aufflog. Als ich mich umsah, entdeckte ich Jesse im Türrahmen, der mich mit weit aufgerissenen Augen ansah.

"Jesse? Was ist los?", sagte ich und musterte dann verwirrt seine leeren Hände. "Wolltest du nicht was zum Essen holen?"

"Ach", sagte er und machte eine wegwerfende Handbewegung, "es gibt Wichtigeres."

Meine Augenbraue schoss nach oben. Das aus seinem Mund zu hören, war etwas ganz Neues, denn normalerweise bestand er gern darauf, dass ich weiß der Teufel was alles aß und dass dieses Etwas nichts mit Salat zu tun hatte. Salat war nach Jesses Meinung maximal auf einem Burger erlaubt.

"Was ist los?", fragte ich erneut, da kam er mit großen Schritten zu mir herüber und warf sich neben mich auf die Couch.

Er nahm meine Hände und drehte mich fast schon grob zu sich, während er mich noch immer aus diesen aufgeregt weit aufgerissenen Augen anstarrte.

"Du kannst nicht gehen", sagte er so entschlossen, dass ich verwirrt die Stirn runzelte.

"Ich ... ähm, was?", stammelte ich, da ich ihm nicht so ganz folgen konnte.

"Du kannst nicht gehen, Livi", wiederholte er, packte mich dann an den Schultern und schüttelte mich leicht. "Du kannst nicht gehen, du kannst mich nicht verlassen. Du kannst nicht aus Pinewood Bay weggehen und mich hier einfach so zurücklassen."

Ich blinzelte verwirrt, auch wenn sich mein Magen gleichzeitig zusammenzog, denn er erinnerte mich an etwas, das ich lieber vergessen hätte. Ich wollte nicht darüber nachdenken, dass ich meinen Job verloren hatte und damit auch meinen Zukunftsplan, hier in Pinewood Bay bei Jesse zu bleiben und mir ein kleines, perfektes Leben in dieser malerischen Kleinstadt aufzubauen.

"Du kannst nicht gehen", sagte Jesse wieder und schüttelte mich, bis ich meinen Blick erneut auf ihn fokussierte und in seine warmen braunen Augen sah. "Ich lasse dich nicht gehen, Olivia." Er starrte mich an. "Ich lasse dich nicht gehen. Du musst hierbleiben, bei mir bleiben."

Unglücklich seufzte ich und wich seinem Blick aus. "Ich würde so gern, aber, Jesse, du weißt, dass ich nicht kann. Ich …"

"Es ist mir ganz egal", unterbrach er mich und schüttelte mich erneut. "Du darfst nicht gehen, du musst hier bei mir bleiben, Livi." Dann nahm er mein Gesicht in seine Hände und zwang mich, ihn anzusehen. "Du musst bei mir bleiben, Livi. Ich … ich liebe dich. Ich wollte es nicht, ich wollte es nie, weil ich wusste, dass irgendwann der Zeitpunkt kommen würde, dass du mich verlassen würdest und zurück in die Großstadt gehen würdest. Aber du, Livi, du bist alles, was ich mir jemals erträumt habe. Ich kann und ich werde dich nicht einfach so kampflos gehen lassen. Ich will, dass du bei mir bleibst, dass du hierbleibst bei mir in Pinewood Bay, hier in meinem Pub und von mir aus können wir diesem ganzen Kind auch einen anderen, moderneren Namen geben. Es ist mir ganz egal, solange du an meiner Seite bist."

Ich schluckte trocken und blinzelte die Tränen weg, die sich in meinen Augen sammelten.

War das wirklich sein Ernst?

Das war doch nicht der Jesse, den ich kennengelernt hatte. Der, der immer mit seinen Gefühlen hinterm Berg hielt, der immer wollte, dass alles so blieb, wie es war.

Mit einem Daumen fing er eine Träne auf, die sich aus meinem Augenwinkel gelöst hatte. "Bitte, Livi", flüsterte er dann und starrte mich eindringlich an. "Bleib bei mir. Ich liebe dich, Livi, ich will mein Leben mit dir verbringen. Ich will, dass du bei mir bleibst … bei uns bleibst, dass du Teil meines Lebens bist – für immer."

Bei seinem letzten Wort brachen die Dämme endgültig und die Tränen liefen immer schneller über meine Wangen, denn ich wusste, wie viel ihn das kostete, all das auszusprechen.

Ich schniefte und versuchte mich zu beherrschen, weil ich ebenfalls wusste, dass es ihm unangenehm war, wenn ich hier rumheulte. Aber es war schwierig für mich, denn Angst und Glück und Liebe, all diese wirren Gefühle mischten sich zu einem Kaleidoskop in meinem Inneren, und ich konnte nicht mehr sagen, ob ich in diesem Moment glücklich oder traurig oder überwältigt oder überfordert war.

Vielleicht auch alles zugleich, denn ich nickte und schüttelte gleichzeitig mit dem Kopf und schloss schließlich meine Augen, um mich für eine Sekunde zu konzentrieren und tief in mich hineinzuhören.

*Was ist es, was ich wirklich fühle?,* fragte ich mich. Und in diesem Moment wurde mir klar, dass es genau das war, was Jesse gesagt hatte.

Ich öffnete die Augen und suchte seinen Blick, versuchte ihm all meine Gefühle in meinen Augen zu zeigen. Dann antwortete ich: "Ich liebe dich auch, Jesse. Ich liebe dich so sehr, und ich will nicht hier weggehen, aber ich sehe einfach keine Chance für mich."

"Wir können es versuchen. Du kannst einfach bei mir arbeiten und mir im Pub helfen. Ich brauche sowieso ganz dringend Unterstützung, und all das immer Ethel zuzumuten, ist nicht fair. Und während du bei mir arbeitest, können wir an deiner Karriere feilen. Wir können versuchen, dir hier etwas Eigenes aufzubauen. Eine ganz eigene kleine PR-Firma, die all diese Dinge machen, die du eben so jeden Tag machst", stammelte er, und ich konnte nicht umher, ein Zucken meiner Mundwinkel zu verbergen.

"Wir bauen dir deine eigene kleine Firma auf, schaffen hier etwas nur für dich, und so lange, bis es so weit ist, werde ich gern deine Hilfe in Anspruch nehmen." Dann schüttelte er den Kopf. "Es ist mir ganz egal, was auch immer du möchtest, Livi, alles, nur verlass mich nicht." Seine Stimme wurde schwach zum Ende des Satzes hin und damit brach er mir mein Herz. Ich schüttelte den Kopf, griff dann in seinen Nacken und zog ihn zu mir, bis seine Lippen auf meine trafen.

Seine Lippen auf meinen zu spüren, gab mir ein Gefühl von vollkommener Sicherheit und dass ich genau dort angekommen war, wo ich immer hätte sein sollen. Also nickte ich in unseren Kuss hinein und löste meine Lippen gerade so weit von ihm, um an seinen flüstern zu können: "Ich will. Ich will bei dir bleiben, Jesse. Ich will all das mit dir, ich will eine Zukunft mit dir hier in Pinewood Bay. Ich will nicht zurück nach Portland, ich will nicht weg hier, ich will dich!"

Da küsste er mich erneut, drückte mich rückwärts, bis ich auf das Sofa fiel und er über mir zum Liegen kam.

Er küsste mich so drängend, so intensiv, so voller Gefühle, dass ich wusste, dass es genau das Richtige war, was ich gesagt hatte.

Ich war hier angekommen, hier in Pinewood Bay, zusammen mit dem Mann, den ich über alles liebte, dem Mann, der mich glücklicher machte als alles andere in meinem Leben.

Der Mann, der es geschafft hatte, dass ich mich auch einmal traute, nicht vollkommen optimistisch und positiv zu sein.

Der Mann, bei dem ich es zulassen konnte, dass es mir auch einmal schlecht ging. Dass er mich auffing und mir half, eine Lösung zu finden, wenn ich keine mehr wusste. Der Mann, der so viel mehr war als jeder andere Mensch in meinem Leben, dem ich mein Herz geschenkt hatte und an dessen Seite ich für immer bleiben wollte.

Jesse war perfekt für mich, und ich würde alles dafür tun, ihn nicht zu verlieren.

# EPILOG

OLIVIA

September. So viele Monate war ich nun schon in Pinewood Bay, und es gefiel mir besser, als ich es mir jemals hätte vorstellen können. Ich liebte dieses kleine Städtchen und was es mit sich brachte. Ich liebte seine Einwohner und diese ganzen ulkigen Feste, die das ganze Jahr über hier stattfanden, um so viele Touristen wie möglich anzulocken. Und vor allem liebte ich meine kleine Familie bestehend aus Ethel, Eliza und natürlich Jesse.

Bis ich ihn kennengelernt hatte, war mir nicht klar gewesen, wie sehr man einen Menschen lieben konnte. Ja, natürlich, ich hatte immer diesen kleinen Prinzessinnentraum von der perfekten Beziehung, aber das, was ich mit Jesse hatte, ging weit über alles hinaus, was ich mir jemals hätte vorstellen können.

Ich war seiner verschrobenen Ex so was von dankbar, dass sie ihn und Eliza allein hier zurückgelassen hatte. Das war meine Chance für dieses perfekte Leben mit meiner kleinen, perfekten Familie.

Mit ebenjener Familie gingen wir gerade auf das große Apfelerntefest. Eines der vielen Attraktionen, die Pinewood Bay auf dem jährlichen Programm stehen hatte. Und es war eines der Feste, bei deren Organisation ich mithelfen durfte.

Ethel hatte recht behalten, es war richtig gewesen, mich in diesem kleinen Städtchen selbstständig zu machen. Und auch wenn ich immer daran gezweifelt hatte, dass ich genügend Arbeit finden würde – es stimmte nicht. Ich hatte mehr als genug Arbeit, nicht nur aus Pinewood Bay, sondern auch aus den vielen kleinen umliegenden Dörfern. Und sogar aus Portland selbst. Das Internet machte es möglich.

Jesse legte in diesem Moment einen Arm um meine Schultern und schob mich durch das große Tor, das zum Eingang des Festgeländes aufgebaut worden war. Alles war wunderschön und in herbstlichen Farben gehalten.

Es gab so viel zu erleben, dass man sich gar nicht vorstellen konnte, dass ein kleiner Ort wie Pinewood Bay so ein Fest auf die Beine stellen konnte.

Gleich zu Anfang gab es einen kleinen Stand, an dem man mit auf den Rücken verbundenen Armen Äpfel aus einer Tonne mit Wasser fischen musste. Das Ziel war es also, den Apfel mit dem Mund herauszubekommen, ohne dabei allzu viel Wasser zu schlucken.

Es sah ungemein ulkig aus, und Gott sei Dank war es in diesem September sehr warm und die Menschen konnten das kalte Wasser genießen. Es war ein goldener Herbst und das perfekte Wetter für so ein Event.

"Ich will zum Ponyreiten", sagte Eliza in diesem Moment, die bis dato Jesses andere Hand gehalten hatte.

"Na, da komm ich mit, Mäuschen", sagte Ethel, streckte ihr die Hand hin und sie bogen nach rechts ab in Richtung Mary-Anns kleinem Ponystand, in dem die Kinder gegen eine Spende für ihren guten Zweck die Ponys reiten konnten. Auch das war eine meiner Ideen gewesen, und Mary-Ann hatte mir dieses Jahr schon so viele Male gedankt, dass ich es gar nicht mehr zählen konnte.

"Sollen wir mitgehen?", fragte ich und sah zu Jesse auf. Er sah so verdammt gut aus, so viel besser noch, als ich ihn kennengelernt hatte. Die tiefen Schatten und Sorgenfalten waren verschwunden und immer häufiger kam dieses Lächeln auf sein wunderschönes Gesicht, das meine Knie weich werden ließ. Ebenjenes Lächeln, das er mir auch in diesem Moment schenkte, während er mich enger an sich zog.

"Nein, nein, lass die beiden mal, und wir trinken lieber eine Runde Apfelwein", sagte er mit rauer Stimme und schob mich geradeaus weiter, anstatt nach rechts abzubiegen wie die anderen beiden.

Zufrieden folgte ich ihm. Es freute mich, wenn wir zwischendurch mal ein bisschen Zeit für uns hatten. Ich liebte Eliza und ich würde sie keine Sekunde lang missen wollen, aber manchmal war ich auch einfach gern nur ein verliebtes Paar und genoss die Zeit mit diesem unfassbar heißen Kerl an meiner Seite.

Ethel versorgte uns mit reichlich Freizeit. Oft schlief Eliza bei ihr und half ihr bei den Gleithörnchen, sodass Jesse und ich ein bisschen "Wir"-Zeit hatten. Zeit, die definitiv nicht jugendfrei benutzt wurde.

"Aaah, Olivia Miller", riss mich eine mir allzu bekannte Stimme aus den Gedanken.

Es war der Bürgermeister, der sich uns in den Weg stellte und dann eifrig nach meiner Hand fischte und diese schüttelte.

Er war unglaublich freundlich zu mir, seit er seine große Liebe verloren hatte. Nun ja, verloren konnte man es nicht richtig nennen, sie war abgehauen und wollte irgendwo in einer größeren Stadt eine größere Karriere machen. Kein Wunder, es war schon immer eine eher merkwürdige Beziehung zwischen den beiden gewesen, aber auf mich hatte ja keiner gehört. Der Bürgermeister war fest entschlossen gewesen, seine Liebste für immer zu behalten, und wenn das hieß, mich loszuwerden, dann hatte er das ebenfalls in Kauf genommen.

Mittlerweile bereute er es sehr, mich nicht fest angestellt zu haben. Das hatte er mir mehr als nur einmal gesagt. Aber mit dieser Erkenntnis war er einfach zu spät dran gewesen.

Zu dem ersten Zeitpunkt, an dem er mich gerne erneut für das Bürgermeisterbüro rekrutiert hätte, war meine Firma schon ziemlich gut angelaufen. Ich hatte einige Aufträge und konnte mich gut über Wasser halten. Auch wenn das nicht sonderlich schwer war, denn ich lebte mietfrei bei Jesse und auch die Verpflegung durfte ich nicht bezahlen. Er sagte immer, dass das doch sowieso alles aus dem Pub kam und er überhaupt nicht separat einkaufen ging, und irgendwie wollte er einfach nicht, dass ich irgendwas zu dem Haushalt beisteuerte.

Daher floss alles, was ich verdiente, im Moment auf mein Bankkonto und wartete dort darauf, ausgegeben zu werden.

Ich hätte schon eine ziemlich genaue Vorstellung davon, denn wenn Griesgram Jesse sich mal dazu überwinden konnte, sein Pub zu renovieren, würde ich mein verdientes Geld dort investieren. Ich hatte das Pub lieb gewonnen, und wann immer ich Zeit hatte, leistete ich Jesse Gesellschaft und half ihm dabei, die Kunden zu versorgen, sodass er nicht darauf angewiesen war, eine weitere Bedienung anzustellen. Auch das war eines der Gründe, von denen er behauptete, dass es gerechtfertigt war, wenn ich keine Miete bezahlte.

"Dieses Fest ist wieder grandios geworden", sprach der Bürgermeister mir mitten in meine Gedanken.

Ich blinzelte einige Male, bis mir wieder einfiel, dass wir ja auf dem Apfelerntefest waren und es zu großen Teilen von mir organisiert worden war.

"Ach, es ärgert mich so, dass Sie nicht für das Bürgermeisteramt arbeiten", sagte Paul Fischer dann und schüttelte meine Hand nur noch energischer. Zumindest so lang, bis Jesse ihm seine entgegenstreckte und mich damit rettete.

"Tja, zu spät, Bürgermeister, zu spät. Nun hab ich

diese Traumfrau in meinem Haus." Er sagte es auf eine Art, die klarmachte, dass ich ihm nicht nur geschäftlich, sondern vor allem privat gehörte.

Und ich liebte die Art, wie er das gerne vor dem ein oder anderen Mann betonte. Vor allem dann, wenn neue Gesichter in Pinewood Bay auftauchten.

Wie damals, als der neue Tierarzt in die Stadt kam oder Daniel C. Lee, der sich hier eine Art Personal-Trainer-Kampfschule aufgebaut hatte.

Es waren einige neue Gesichter in dieser Stadt hinzugekommen, seit ich Pinewood Bay als mein Zuhause gewählt hatte. Gesichter, die ich lieb gewonnen hatte, und ich freute mich darauf, was in den nächsten Monaten noch so alles auf mich zukam. Doch ich war mir sehr sicher, dass es keinen einzigen Mann auf dieser ganzen Welt geben würde, der besser als Jesse Brown an meine Seite passte.

Ich liebte diesen griesgrämigen Single-Dad so sehr, dass ich es nicht in Worte fassen konnte. So sehr, dass ich mich noch nicht einmal jetzt zusammenreißen konnte und mich wieder mal an seine Seite schmiegen musste, um verliebt zu ihm aufzusehen. Jesse erwiderte meinen Blick sofort, und ich wusste, dass er wusste, was in mir vor sich ging. Er grinste breit und selbstzufrieden.

Dann wandte er sich wieder an den Bürgermeister.

"Wenn Sie uns jetzt entschuldigen, wir haben noch einiges vor." Er zog mich am Bürgermeister vorbei, weiter die Straße nach unten.

"Wollten wir nicht Apfelwein trinken?", fragte ich.

"Später", sagte Jesse und lachte dann. "Jetzt hab ich etwas anderes mit dir vor."

## JESSE

Meine Hände waren feucht, als ich Olivia hinunter zum Park schob und einen der gewundenen gekiesten Wege entlang bis zum Zentrum.

Ich wusste, was dort auf uns warten würde, und mein Herz schlug schnell bei dem Gedanken. Ich wusste, was nun passieren würde, und ich hatte alles schon seit so langer Zeit geplant. Und dennoch flatterten mir jetzt die Nerven – ganz gewaltig sogar.

"Oooh, wer hat denn das so schön hergerichtet?", sagte Livi, und mein Herz setzte einen Takt aus, ehe es unbeholfen weiterstolperte.

Der Pavillon war von kleinen Lichtern erhellt, die

ihn zum Zentrum des Parks machten – noch mehr denn je. Außenrum waren kleine weiße Bänder angebracht, die den Eingang zusperrten, damit nicht Gott und die Welt meinen romantisch hergerichteten Pavillonplatz besetzen würden. Danach konnte hier sein, wer auch immer es wollte, aber jetzt brauchte ich ihn für mich allein – für mich und Livi, die Frau meiner Träume.

Ich schob sie weiter vorwärts, bevor uns noch irgendetwas dazwischenkam, jemand, der mit Livi reden wollte oder bevor ich vielleicht doch noch kalte Füße bekam.

Wobei, nein, das würde nicht passieren, denn diese eine Frau bedeutete mir um so vieles mehr, als ich jemals für möglich gehalten hätte, dass es für mich keine Frage und kein Zurück mehr gab. Vorwärtsdrängend zog ich eine der Schleifen der Bänder auf, die die Treppen absperrten.

"Ich glaube nicht, dass wir da hochgehen sollten, Jesse", sagte sie. "Es ist doch extra alles abgesperrt."

Grinsend führte ich sie weiter. "Vielleicht hab ich extra alles abgesperrt."

Da lachte sie auf. "Jaja, bestimmt."

Ja, es war klar, dass sie mir nicht glaubte, denn schließlich war ich nicht gerade der Typ, der für große romantische Gesten bekannt war.

Aber in diesem Fall hatte ich mir wirklich Mühe gegeben. Denn ich wollte, dass alles perfekt war. Es sollte alles so sein, dass es Livi umhaute. Ich wollte, dass sie keine Sekunde lang nachdenken konnte, sondern einfach nur überwältigt von allem war.

Also schob ich sie in den Pavillon, nahm dann den gekühlten Champagner aus dem Sekteimer und goss uns zwei Gläser ein.

Verwirrt runzelte sie die Stirn, nahm das Glas aber entgegen.

"Ähm, Cheers", stotterte ich, denn ich wollte auf jeden Fall ein Glas trinken, bevor ich damit begann, meine vorbereitete Rede vorzutragen. Ich war einfach viel zu nervös und hatte kein Interesse daran, das, was ich zu sagen hatte, zu stottern.

"Cheers", sagte Livi und zog die Augenbrauen zusammen, bis eine steile Falte dazwischen entstand.

Ich kippte das Glas auf ex und wartete ungeduldig, bis sie ebenfalls einen Schluck genommen hatte. Dann nahm ich ihr das Glas aus der Hand und griff nach ihren kleinen Händen.

"Livi", sagte ich und holte ein weiteres Mal tief Luft. "Livi, ich liebe dich. Ich liebe dich mehr, als ich es jemals für möglich gehalten hätte. Ich liebe dich so viel mehr, als ich dich jemals hätte lieben wollen … oder sollen."

"Fängst du jetzt wieder mit der Großstadtnummer an?", fragte sie und zog ihre winzige Nase kraus.

Ich lachte. "Ja, auch das ist Teil meiner Rede."

"Rede?", fragte sie neugierig und legte den Kopf schief.

"Nun halt den Mund und hör mir zu", sagte ich, nahm ihr Gesicht in beide Hände und drückte zur Verdeutlichung meiner Bitte meine Lippen auf ihre. Dann legte ich meine Stirn an ihre und sah ihr tief in die blauen Augen.

"Ich liebe dich, Livi. Ich liebe dich bis zum Mond und zurück, so lange, bis die Sterne nicht mehr glühen", sagte ich und streichelte sanft mit dem Daumen über ihre Wange. "Ich liebe dich so sehr und ich möchte keine Sekunde meines Lebens mehr ohne dich verbringen. Deshalb, Livi, heirate mich. Bitte werde meine Frau und bleib für immer an meiner Seite – hier in Pinewood Bay, zusammen mit Eliza und vielleicht irgendwann sogar einem unserer Kinder."

Ich sah die Tränen, die sich in ihren blauen Augen sammelten, und wusste, dass ich die richtigen Worte gefunden hatte. Ihre Unterlippe bebte, als sie hektisch nickte und sich dann mit der Zunge über die Lippen fuhr, um diese zu befeuchten.

"Ja. Ja, ich will", stammelte sie und warf sich dann an mich und presste ihren Mund auf meinen.

Sie küsste mich so energisch, dass ich beinahe ins Straucheln geraten wäre und sie gerade noch so halten konnte.

Aber es war mir egal, selbst wenn wir hier und jetzt hingeflogen wären und ich mir das Rückgrat gebrochen hätte, es war mir ganz egal. Denn in meinem Kopf gab es nur diese Worte: "Ja. Ja ich will."

Sie hatte zugestimmt, meine Frau zu sein, und das, obwohl ich ihr noch nicht einmal diesen total überteuerten Ring an den Finger gesteckt hatte.

Aber es war egal, denn sie lag in meinen Armen, sie küsste mich und sie würde meine Frau werden. Diese Eine, die mein Leben so völlig auf den Kopf gestellt hatte, die ich liebte.

Ich würde sie immer lieben, ich würde sie länger lieben als sie mich, und ich würde sie länger lieben, als ich es konnte.

Selbst wenn es mich schlussendlich zerbrechen würde. Doch bei Livi hatte ich keine Angst. Ich hatte keine Sorge, dass sie mich verlassen würde, denn ihr Herz war so groß, da war so viel Platz für mich, für Eliza, für Ethel, für Pinewood Bay.

Ich war mir sicher, dass sie an meiner Seite bleiben würde. Jetzt, nachdem sie mir ihr Jawort gegeben hatte, mehr denn je.

Ethel hatte recht behalten. Der Sprung ins kalte

Wasser hatte sich gelohnt, und ich hatte in Livi gefunden, was ich schon mein Leben lang gesucht hatte.

Eine Frau mit den gleichen Werten, den gleichen Vorstellungen, eine Frau, die mich genauso sehr liebte wie ich sie.

Unendlich.

## Ende

**des ersten Bandes der Reihe „Kleinstadtliebe in Pinewood bay“. Falls du dich auch für die Geschichten der anderen Dorfbewohner interessierst, jeden dritten Mittwoch im Monat ist es soweit:**

„Kiss me in February“ von Aurelia Velten ab dem 21.02.2024

„Kiss me in March“ von Hannah Kaiser ab dem 20.03.2023

„Kiss me in April“ von Kimmy Reeve ab dem 18.04.2024

…

# INFOS ZU BAND 2:

„KISS ME IN FEBRUARY: EIN TIERARZT ZUM VERLIEBEN“

VON AURELIA VELTEN

## KLAPPENTEXT

**Als ich ihn nachts aus dem Bett klingle, wollte ich eigentlich unseren tattrigen Kleinstadt-Tierarzt erreichen. Doch die dunkle, angesäuert klingende Stimme, die durchs Telefon dringt, gehört eindeutig jemand anderem. Und jagt mir heiße Schauer über den Rücken.**

Keine zwanzig Minuten später fährt ein bullig gebauter, auf die raue Art attraktiver Kerl in die Einfahrt meiner Farm. Santiago Sanchez ist neu in der Stadt und hat die Praxis übernommen.

Er ist brummig und unhöflich, aber seine ruhige Art wirkt Wunder bei den vernachlässigten Pferden aus dem Tierschutz, die ich regelmäßig bei mir aufnehme. Allerdings hält mich das nicht davon ab, ihn ein bisschen zu ärgern und ihn für die Single-Versteigerung zum Valentinstag zu verpflichten.

Weil ich ihn wegen meines neuesten Schützlings ständig rufen muss, verbringen wir plötzlich sehr viel Zeit miteinander. Mit jeder gemeinsamen Minute, kommen wir uns näher.

Was hat ihn von der Großstadt in das überschaubare Pinewood Bay getrieben? Und kann ich wirklich dabei zusehen, wie er dank der Single-Versteigerung mit einer anderen Frau auf ein Date geht?

# DANKSAGUNG

Zu guter Letzt bleibt noch ein klein wenig Platz für ein großes Danke. Danke an all meine Leser, die mir in den letzten zehn Jahren so treu zur Seite gestanden haben. Danke, dass ihr euch auf jede neue Geschichte, auf jedes neue Projekt einlasst und euch immer wieder in meine kleine Bücherwelt entführen lasst.

Danke an meine Kolleginnen, die dieses Jahr ein weiteres tolles Projekt mit mir auf die Beine stellen. Schön, dass es euch gibt und wir gemeinsam 2024 rocken.

Eure Allie

<u>Rechtliches, oder was keiner lesen will und trotzdem drin stehen muss ...</u>

 Impressum: Herausgeberin Allie Kinsley, allie.kinsley@web.de. Ladungsfähige Adresse für Deutschland: Allie Kinsley, Rotkreuzstr. 8, 87488 Betzigau:



Coverdesign: Hippomonte Publishing e.K.
Covermotive: Hintergrund © by Ivankmit, www.depositphotos.com (Stockfoto-ID: 230415430); Mann © by dmytrobandak, www.depositphotos.com (Stockfoto-ID: 189300064), Stadt-Logo © by KuznetsovaDarja, www.depositphotos.com (Stockfoto-ID: 414963698), Schnörkel neben Logo © by baavli, www.depositphotos.com (Stockfoto-ID: 6126327)
Illustrationen im Buchinnern: Städtchen © by PinkPueblo, www.depositphotos.com (Stockfoto-ID: 30235991)

Korrektorat: SW Korrekturen